MURAKAMI
HARUKI

MURAKAMI

—随笔集—

终究悲哀的外国语

〔日〕村上春树——著

林少华——译

| MURAKAMI HARUKI |

上海译文出版社

图字：09-2003-100号

图书在版编目（CIP）数据

终究悲哀的外国语/（日）村上春树著；林少华译
.—上海：上海译文出版社，2021.1
ISBN 978-7-5327-8618-3

Ⅰ.①终… Ⅱ.①村…②林… Ⅲ.①散文集—日本
—现代 Ⅳ.①I313.65

中国版本图书馆CIP数据核字（2020）第260726号

终究悲哀的外国语
［日］村上春树 著 林少华 译
责任编辑/姚东敏 装帧设计/千巨万工作室

上海译文出版社有限公司出版、发行
网址：www.yiwen.com.cn
200001 上海福建中路193号
上海信老印刷厂印刷

开本 890×1240 1/32 印张 7.25 插页 2 字数 95,000
2021年3月第1版 2021年3月第1次印刷
印数：00,001—10,000册

ISBN 978-7-5327-8618-3/I·5317
定价：46.00元

目录

门外的村上（译序）

村上春树认为他写小说就好像打开一扇秘门，独自走进黑乎乎的门内去观察去体验去鼓鼓捣捣。因此我们通过小说看到的村上应该说是门内的村上，影影绰绰，扑朔迷离。而现在这本随笔集，终于让我们看到了门外的村上。而且要看门外光天化日下的现实中的村上，也只有翻开他的随笔。因为村上一般不接触出版界以外的媒体，不上电视不上广播不上讲台，不接受记者采访。这一方面是他“怕见生人”的天性所使然，另一方面是为了保护他个人生活的完整性和“匿名性”。

幸好村上除了写小说和搞翻译，还写了不少随笔，也幸好在随笔中他是个他所欣赏的那种“心不化妆”、“精神上不化妆”的人，由此使我们得以看到“门外”村上的音容笑貌、举手投足，看到不同于小说主人公“我”的“我”，看到他与常人有异而又无异的喜怒哀乐以及人生旅途中的种种际遇。

在这本随笔集《终究悲哀的外国语》中，村上坦言自己高中时代不怎么用功，一味和女孩厮混、泡酒吧、打麻将，甚至吸烟，补习了一年才考进早稻田大学文学院的戏剧专业。考上后还是不太用功，找工作面试时被人一口回绝，气得他差点儿破口大骂（《“金字塔”景观》）。他自嘲几年大学生活“唯一的收获”就是谈恋爱得到了现在的夫人阳子（有人考证说是《挪威的森林》中绿子的原型）。而且他没毕业就结了婚，婚后东筹西借千辛万苦开了一间酒吧，像“拉车的马”一样起早贪黑干了七年。每天“一大早就要把一袋子元葱细细切碎”，因而练就了一手切元葱不流泪的绝活（《远离卷心菜卷》）。他还详细谈了四十岁以后为保持“男孩”形象所做的般般努力和由此产生的种种烦恼。他指出“男孩”形象同年龄无关，但须符合以下三条：（1）穿运动鞋；(2) 每月去一次理发店（不是美容室）；(3) 不一一自我辩解。他认为第一条自己绝对符合，一年有三百二十天穿运动鞋。第三条至少可以做到“不使用文字来为自己辩解”。最伤脑筋的是第二条——“我的头发有点不听话……一旦失手就非常麻烦。”一次从伦敦一家理发店回来往镜里一看，“怎么看都不像我的面孔。原本脸长得就无人欣赏，可又给糟蹋到如此地步……以后我好长时间都没情绪外出，刮胡须时尽量不打量自己的脸。”（《穿运动鞋去理发店》）

当然，这本随笔集是作者九一年至九三年旅居美国期间写的，主要篇幅写的是美国，其中有关日本和美国的比较读来尤其有趣。例如关于钱，村上说日本人总是把个“钱”字挂在嘴边，动不动就有人说“村上君写畅销书钱大大的有，花这点儿算什么”（村上心里骂道纯属瞎操心），而在美国除了迫不得已的场合人们一般不提钱，这种仿佛视钱为陌生物的“绅士氛围”让他大大舒了口气（《大学村 Snobbism 的兴亡》）。再如男女平等问题。在美国常有人问村上的夫人做什么。村上回答说算是当自己的秘书：校阅整理自己的文稿、接电话、写回信等等。这样的回答若在日本十之八九能得到理解，而美国妇女听了则满脸困惑，似乎在说——“哼，千说万说，说到底书皮上写的还不是你一个人的名字！”后来村上终于明白，原来对方期待的标准答案即美式答案是：“我太太来美国后对流浪汉（homeless）问题发生兴趣每天在流浪汉供食中心当义工还每星期去两次希伯来语学习班准备将来把希伯来文学介绍到日本去。”（《关于精力旺盛的女人们的考察》）

也有对更严肃的问题的理性思考。村上去的是美国东部名校普林斯顿大学（爱因斯坦曾在此任职）。他发现该大学教员是个相当特殊的群体：报纸必看《纽约时报》杂志必订《纽约客》小说必读加西亚·马尔克斯啤酒必喝进口的汽车必开灰头土脸不显眼的衣服必穿皱皱巴巴半旧不新的。否则就要被视为异类受到排斥。总之大学是不混同于世俗社会的自成一统我行我素的城堡，大学教员乃是不为社会潮流所左右的学究式知识精英，仍不屈不挠地保持着知识人、学者特有的孤高情怀（snobbism）。而相比之下，日本的大学则更为平民化、世俗化，大学老师已同“工薪族”接轨，也就是说知识分子本应有的孤高情怀和使命感在日本已经失落。对此村上颇感困惑，但最终还是希望“世上也应该在某个地方保留一两处这种游离于俗世之外的天地”，而不喜欢“将阶级性的 snobbism 的残存记忆作为‘柏林墙碎片’式的商品向大众拆零推销的流通洪流和信息资本。”（《大学村 Snobbism 的兴亡》）此外还有关于日本和美国的价值观、环境保护、美国的种族歧视、美国知识分子和中产阶级的焦虑不安等问题的深入思考。于是我们得以看到村上春树的另一侧面，看到门外活生生的“村上君”。应该说，这段美国生活对村上还是有影响的，他的小说开始明显带有社会的投影。

作为书名的《终究悲哀的外国语》是这本随笔集十六篇中的一篇。这“悲哀”二字，依作者后记中的解释，主要不是指在美国不得不讲或讲不好外国语即英语的悲哀，而是“自己如此命中注定似的受困于不具‘自明性’的语言这一状况本身所含有的某种类似悲哀的东西”。那么回到母国日本讲日语“悲哀”就没有了么？回答是否定的。因为纵然使用有“自明性”的日语也有无法沟通无法自明的时候。“无论置身何处，我们的某一部分都是异乡人（Stranger），我们迟早都将在若明若暗的地带被无言的‘自明性’所背叛和抛弃”——我们的人生之旅将永远背负这“终究悲哀的外国语”。

林少华

2003年东瀛樱花时节

于入间河畔寓所

普林斯顿——写在前面

第一次去新泽西州普林斯顿是在一九八四年夏天。沿美国国铁从华盛顿 DC[1] 赴纽约途中在普林斯顿站下来，从那里乘出租车去普林斯顿大学。提起一九八四年，正是里根和蒙代尔竞选总统那年，也是去哪里都能听见布鲁斯 · 斯普林斯汀的《出生在美国》（Born in the U. S. A.）和迈克尔 · 杰克逊烧伤后戴白手套那年（说起来总觉得像是三四年前的事，莫非是年龄的关系？）。

去普林斯顿的原因相当简单，无非因为普林斯顿大学是 F · 司各特 · 菲茨杰拉德的母校，而我想亲眼看一下那个校园。此外没什么特别的事。毕竟这次坐火车经过普林斯顿这个地方，往后就恐怕很难再来这一带了，还是顺路看一眼为好。在校园转了转，去图书馆特别陈列室看了看他的手稿，上街走了走，在路旁一间名叫普林斯顿汽车旅馆的不起眼的小旅馆住了一宿，然后又沿美国国铁去纽约。记得当时感叹过好一个富有牧歌情调的和平地方。也是因为放暑假，偌大的校园里几乎没有人影。街上一派懒散气息，没有半点活气。早上跑步时，到处都有很多兔子，松鼠也遍地都是（第二次来时，这里的原野已成了蛮大一条商业街）。

那次旅行清楚地记得的另一点，是在普林斯顿站搭乘的出租车。如今普林斯顿站前已有不少出租车在候客，但当时偏巧一辆也没有，将普林斯顿站和大学连接起来的小火车也不巧停开（原因我忘了）。普林斯顿站孤零零地坐落在空旷的原野正中，周围一户人家也没有。下车的旅客一共才四个人：二十五六岁的女子、二十岁左右的年轻黑人、我和我的妻。我们四人只能坐在站前静等出租车到来。

天快黑了车也没等来。但三十多分钟后，正当我们渐渐担心起“这到底是怎么回事”时，总算有一辆出租车露头了。我们舒了口气，一起坐上车去。女子坐在司机旁边， 其余三人坐后排。司机是

---

1 华盛顿 DC：Washington District of Columbia 之略，哥伦比亚特区华盛顿（华盛顿在行政上隶属于哥伦比亚特区）。——译者注，下同。

个大个子中年白人。这回好歹安下心来。不料车开不久，挨我坐着的黑人从裤袋里悠悠然掏出一瓶发胶，“喳喳”晃了晃往自己脑袋喷洒起来。何以非在车里喷发胶不可自是弄不明白，问题是一起坐车的人吃不消。左喷右喷喷个没完。司机突然把车停在路边，下车拉开后车门对黑人吼道：“喂，你在这里下车！”黑人嘟嘟囔囔抵制了一会儿，但也许因为司机看上去显得甚为剽悍，终于还是拿着宽底旅行包和发胶下车了。表面上倒看不出，估计多少有些沮丧。

司机重新上车，若无其事地把剩下的三人拉往小镇。

“过去这里不来那种人，”过了一会儿司机鄙夷地对我们说，“因为把什么商业住宅区招到了近郊，那种家伙才不断出现。再过几年这一带不知会变成什么样子，胡闹！”

七年后我再次来到普林斯顿。这次长期住在大学。那以前我见到一个美国人，闲聊时讲起几年前去过普林斯顿，我说如果可能的话，真想在那么安静的地方不受任何干扰自由自在地写小说。结果他找到普林斯顿大学有关人士，三下五除二把事情敲定下来：“喂，普林斯顿邀请你去，住处也定了。收拾好行李，明年一月底过去！”说干就干是美国的一个优点。

那是一九九零年秋天。我们又一次手忙脚乱地打点行装，做去美国的准备。其实我和妻刚刚结束了三年欧洲生活返回日本，还没明白怎么回事又要旅居外国，匆忙是觉得有点儿过于匆忙，却又不愿意错过长住普林斯顿的难得机会。

一同去美国领事馆取签证时，正赶上海湾战争打响。我们在去赤坂的出租车上听到美军用导弹轰炸巴格达的消息，心想美国不是我们的好去处。去正打仗的国家并在那里生活不是多么愉快的事情。可是我们已经办好一切手续，除了就这样去美国别无选择。虽然结果上没受到战争的直接影响，但老实说，当时美国弥漫的爱国而好战的气氛很难令人开心。普林斯顿大学的校园里，学生们举着写有海湾战争如何如何的牌子示威游行，我以为是久违的反战集会，不料仔细一看，原来竟是支持战争的游行。虽说是别人的国家，不该由我说三道四，但终究生出了今非昔比之感。后来同州立大学（这是一所最为大众化的大学）一个名叫拉德加兹的学生交谈起来，对方说道："因为那是普林斯顿，村上先生。我们这里可是举行反战集会来着。"其后普林斯顿还发生了暴力事件：支持战争的一伙学生袭击手举反战牌子的学生，把反战牌子抢过折断了。

但不管怎样，这场战争也顺利结束了。正要舒一口气的时候，紧接着全美国开始纪念珍珠港事件五十周年， anti Japan（反日）风潮日益高涨。其中既有海湾战争带来的所谓爱国激情，又有人们发泄对美国长期经济不景气的 frustration（沮丧）这一因素。日本如何报道的我不知道，而实际置身其中生活起来可相当不是滋味。总觉得有点儿别扭，或者说时常觉得四周空气里有带刺的东西一下一下地扎人。尤其进入十二月以后，除了购买必需品外我很少出门，老老实实待在家里不动。有如此感觉的不光我自己，身边大多数日本人好像都如此。那种时候，每当日本政治家说不必要的话刺激美国人神经时，我就认真地为之气恼，思忖这些家伙到底在想些什么！

那时我应邀去一个熟识的美国人家里吃晚饭，同桌一个美国白人（退休的大学教授）聊天当中对我脱口说出“你们 Jap[1]……”致使满座人顿时如头顶浇了一盆冷水一般鸦雀无声，主人脸色变得铁青铁青——美国人晚餐席间最不该发生的事发生了。但说话的本人

1　Jap：对日本人的蔑称。

倒好像对自己的失言浑然不觉。事后主人悄悄把我叫出，解释说：“跟你说春树，他没有什么歹意，别见怪。他年轻时候当兵在太平洋跟日本军队打仗来着，那时受的教育现在仍留在脑子里，决不是个人对你们有反感。”我说这点我也晓得，不必介意，实际也没怎么往心里去。但我记得同席的人相当紧张。一次十分难得的体验。

如此这般，第一年神经绷得很紧。无论对美国人还是对我们，我觉得这一年都活得相当沉重。洛杉矶暴动的发生也是在其后不久。那一年我一直闷在家里写长篇小说，几乎哪里也不去，几乎什么也没做。所写的长篇小说经过莫名其妙的迂回曲折，最终彻底分裂成两个细胞。一个是《国境以南　太阳以西》这部偏长的中篇小说（或者说偏短的长篇），另一个是相当长的长篇小说《奇鸟行状录》。

如此紧张的一年过去了，歇了口气，想写随笔的念头又渐渐强烈起来，于是由讲谈社一种叫《书》的小杂志每月连载。每次连载的字数为二十一二页的四百字稿纸，是迄今我所写的连载随笔中页数最多的。不过在连载的一年半时间里，我从未感到写得长。总的说来，我属于边写边思考这一类型——作家或许多多少少都有这样的倾向，大多时候置换成文字后再从视觉上思考，这样更觉得心应手。在这个意义上，我觉得每个月写这么多页更能促使我大范围地考虑问题。我觉得来美国后一年间，我积攒了许多必须慢慢写成文字思考的东西。

“再过几年这一带不知会变成什么样子”——一九八四如此自言自语的那位普林斯顿司机的担心在结果上可以说言中了，也可以说没言中。普林斯顿依旧是超然世外美丽平和的乡间小镇，在这点上他的担心可谓以杞人忧天告终。商业街建起来了，商品住宅明显增加了，早晚也出现交通堵塞了，而镇的结构本身几乎没变。但在包括此镇在内的美国这个国家本身大有变化这点上，他的担心似乎已经成为现实。从内部全面审视这个国家，深深感到一胜再胜永远胜这东西也是相当吃不消的事。在越南固然受挫，但这个国家的确赢了冷战，赢了海湾战争。但若问人们是否过得幸福了，则似乎决不幸福。人们怀抱的问题比之十年前好像更多更重，并且相当困惑。我觉得，一个国家也好，一个人也好，挫折或失败这种东西在某个阶段恐怕还是必要的。话虽这么说，但若要问别处有没有一个能够提供取代美国的明确而强有力的价值观的国家，则眼下还没有。在这个意义上，现在一般美国人怀有的深重的疲惫感和现在日本人感觉到的坐立不安大概是互为表里的。简单说来，或许就是拥有明确理念造成的疲惫和没有明确理念带来的不适。这种艰辛的选择即使对于我们日本人，日后恐怕也具有很大意义。

我通过撰写收录于此的文章而得以从多个角度考虑各种各样的问题，然而几乎在所有方面都未得出类似结论的东西。所以很遗憾，这不是一本“读了就能明白美国”的有用的书。倘有些许“帮助”，作为作者将深感庆幸。

1993年12月于波士顿

禁止带入酸梅干盒饭

一九九二年度波士顿马拉松于四月二十日“爱国日”举行。我去年参加了这一有名的马拉松赛，今年是第二次。春天波士顿、秋天纽约市的马拉松赛是我的美国生活中的最大乐趣之一（或之二）。日本电视也经常转播，想必有人看过——波士顿马拉松不是一般有转折点的往返路线，而同纽约市马拉松一样，是从这一点跑到另一点的单线。起跑点在波士顿郊区一个叫霍普金顿的小镇，终点在波士顿市中心。跑了大约三十公里，以为快到终点的时候，那个波士顿有名的“撕心裂肺山”（heartbreak hill）出现了。名字固然有些夸张，但并非开玩笑，山的确要命。翻山本身倒不怎么难受，难受的是在翻过之后，这个若能应付过去，往下就没什么大不了的坡路了。于是我鼓励自己关键时刻到了，拼出浑身力气爬上坡顶。喘了一口气，心想往下只要顺着平坦道路一直跑到商业街即可，不料这时疲劳就像正等我找上门似的扑通一声劈头压来。

这种疲劳以人打比方，就好比是四十岁厄运之年，二十岁三十岁好歹应付下来了，待到终于要歇口气时，它便“扑通”一声找到头上（没有体验过的人怕是不明白）。进入市区后哪怕一点点坡路——尽管无论坡度还是距离都根本不能同“撕心裂肺山”相比——感觉上都好像面临严刑拷打。去年如此，今年亦然。尤其是今年，刚一起跑气温就急剧升高，消耗也厉害。时间比去年晚了七分，用了三小时三十八分。不过由于路窄的关系，起跑地点每年都拥挤不堪，从发令到实际开跑用了五分多钟。这么算起来，作为我还算是说得过去的成绩。

不管怎样，我们都是从波士顿乘参赛选手专用巴士来到作为起跑地点的小镇，在此等候正午起跑令。这座人口约两千五百人的郊区小镇上，拥来了美国各地以至世界各地八千多名 enthusiastic（狂热的）马拉松运动员，两三个小时人声鼎沸，不折不扣是一年一度的狂欢节。霍普金顿这个地方是美国到处都可见到的都市近郊住宅区，在外来人眼中没什么特别值得一提的东西。一座教堂，一所高中，一个消防署，一条不长的主街。加油站、酒馆、不动产商、花店。主街走完，往前就是带院子的漂亮别致的独立住宅一家家无限排列开去。房子管理得无微不至，草坪也修剪得赏心悦目，但其中没有任何足以激发观者想象力的因素。既无引人注目的豪宅，又无引人注目的寒舍。如此房屋排列得整整齐齐，俨然在说不引人注目乃是人生至为重要的美德。假如不是出于距波士顿仅二十六英里（四十二公里）这一简单原因而被选为波士顿马拉松出发地，这霍普金顿镇恐怕不会引起本地居民以外的任何人的注意——这或许原本是此镇所希望的——而打盹一般存续下去。

然而正巧因其是波士顿马拉松的出发地，我始有机会连续两年两次细细察看了这座一派和平景象的小镇。

去年跑波士顿马拉松时，美国正在打海湾战争，黄飘带、星条旗和爱国口号触目皆是，就连看上去与世无争的霍普金顿镇也不例外。教堂附近人家的院子里放着一辆报废的克莱斯勒·道奇车，车头上边用白漆写着“SADAM”，旁边一把大铁锤。意思是说这家伙就是萨达姆·侯赛因，请使劲砸好了。砸一下一美元，得来的钱用作镇上青年的奖学金。

谁想出来的不知道，反正这主意相当不坏。我看的时候就有几个镇上居民模样的人掏了一美元拿锤在手，狠狠朝车上砸去。很难认为这情景能同格调高雅的波士顿马拉松相得益彰，但终究是“战时”，怕也是没办法的事，我想。

不过海湾战争已经结束，以为今年再不会搞那名堂了，没想到来到霍普金顿镇一看，又有一辆车放在那里，其狼狈相也同去年那辆不相上下。又一想，那辆车已砸得面目全非，不可能再度出山，估计是从哪里找了一辆十分相似的车来。不管怎样，今年车头上什么字也没写，只是和去年一样在车旁放大铁锤一把，牌上同样写道“砸一锤一美元”，募集的钱还是用作奖学金。一名选手问站在身边的老伯：“这可是日本车？”老伯嗫嚅了一下回答：“呀……唔，这不是日本车。”并且，至少在我看的时间里，没有哪个人花一美元砸这辆什么也没写的破车。我以为以锤砸车本是为了发泄怨气，不需要什么名目，但现在看来还是要有某种给人鼓劲儿的东西才行。

假如车头上写着“Japanese Car”，说不定会有几个人掏一美元抡起大锤砸上一下。或者谁也不砸也未可知。终究是假设，我什么也不好说。尽管如此，在那户人家院子里静等别人用锤来砸的报废汽车还是散发出一种不吉祥的暴力气息，其中似乎含有不能诉诸语言也不能成为具体信息的沉重的什么。就以旁边的老伯来说，对于从车旁走过的那个选手的提问，他也未能干干脆脆地说“不，这不是日本车”，而是“呀……唔（嗫嚅）”停顿一下。不难推测，这里面有“即使是日本车也没什么奇怪”的意识。其嗫嚅才是未被道出的话语、未被写明的信息。

美国人的敌对意识一年来由萨达姆·侯赛因转到了日本经济。无论看哪家新闻媒体，这个转变都一目了然。报纸上谴责日本和日本人的投稿和评论连篇累牍。但是美国人（从事汽车制造业的少数人除外）时下还不想拿铁榔头砸日本。一如马萨诸塞州霍普金顿镇的一般居民，他们只是想听取空气中潜在的未被道出的话语、读取未被写明的信息。

虽然如此，我在美国因为“是日本人”而遭遇的难堪也仅限于一次。在檀香山的租车站我租了一辆车，因刹车不灵要求另换一辆时，那里的工作人员说道："你们这些鸟日本人跑到人家国家来还要装大！"刹车不灵同我是日本人之间本来毫不相干，白白遭了一顿抢白。自那以来我就再不去租车站租车了。不过那已是五年前的事了，和这次反日情绪高涨没有直接关系。

我居住的普林斯顿是以大学为中心的风平浪静的高级住宅区。居民绝大多数是有钱人或知识分子，抑或有钱人兼知识分子，因此没有明目张胆的反日情绪。不过稍远些的特伦顿市近郊有 GM[1] 的工厂，这里因大幅度压缩生产而有许多工人被暂时解雇，日本车的的确确被铁榔头砸了。汽车厂工人在国道一号线旁的丰田特约经销店门前举行了"Buy American"[2] 大会。所以，那种动向也完全并非没有，只是没有波及绅士味道十足的幽静的普林斯顿镇。镇上各种车川流不息：梅赛德斯 · 奔驰、保时捷、雷克萨斯、萨博、沃尔沃、捷豹……外国车这么多的镇恐怕别无二处， Buy American 之类不起作用。

1 GM：General Motors Corp 之略，美国通用汽车公司。

2 Buy American：优先购买美国货。作为政策 1960 年由艾森豪威尔总统实施。

迄今为止我在这镇上目睹的反日言词，只有下一页图 A 上的"Japan－bashing"（打倒日本）招贴画——贴在一辆相当旧的大型美国车尾部的保险杠上。在住处附近的路上等信号时，此车停在我开的车前面。一开始我没明白什么意思，中间的红圆心太小了。看上去与其说是太阳旗，倒不如说更像中间放一颗酸梅干的盒饭。本来该是 B 图才对，这样才能准确体现"Stop Japan"之意。而眼前这样子，只能看作"禁止带入酸梅干盒饭"。想必招贴画的作者不大清楚日本国旗是怎么个东西，以为反正白地红圆心即可。这种粗心大意说滑稽也未尝不可，至少比起图 B 来，的确是带了几分幽默感。但不管怎样，这都不是令人心情愉快的把戏。

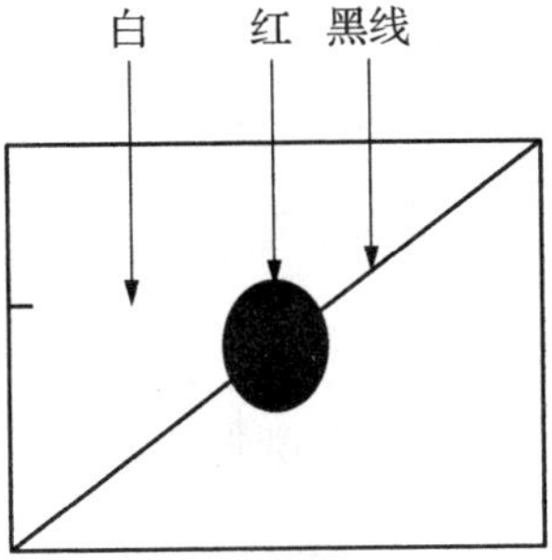

图 A

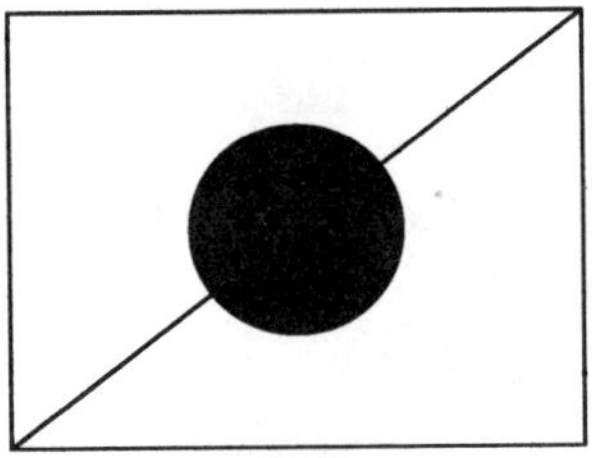
图 B

说起这“说滑稽也未尝不可”来，还有去年十二月七日珍珠港事件纪念日那天专栏作家安迪·鲁尼（此人的短评集日本也有译本，应该有不少人知道他的名字）写的莫名其妙的反日短评，大意是说既然日本反倾销，美国何不如法炮制！

下面抄录一段：

“美国政府恐怕也该向福特、克莱斯勒和GM提供财政补贴才是。每到日本卖一辆车，即资助二千五百美元。‘雪佛兰科尔维特’以低于原价的价格出售。那样一来，日本每个家庭都摆有两辆美国车，本田势必破产。果真如此，日本市场怕也不得不对美国产品开放。”

安迪·鲁尼无论作为电视评论员还是幽默专栏作家都是名人，但他时不时会偏离玩笑吐露出相当保守的政治信条，这也可算是一例。即使从全文来看，他并非完全开玩笑这点也是显而易见的。实际上，具有保守信条的一般美国人看了这篇文章想必会点头称是：对对，正是这样。关于他所说的反倾销和财政补贴之类，我不是经济专家，在这里就不谈了。我读这篇专栏短评时觉得有趣的是“日本每个家庭都摆有两辆美国车”这部分。原文为“Two American

Cars in every Japanese driveway”。搞英语翻译的人肯定为“driveway”的译法伤脑筋而往往译成“停车檐、停车台”，其实是从房门到大门之间的院内的停车道，没有车库的人家就把车停在这里。而这样的地方日本当然不存在，所以相对应的词汇也不存在。前院也罢后院也罢，拥有停两辆美国车的空间的家庭日本大概很难找到（至少城市近郊是这样）。恐怕应该有人把安迪·鲁尼先生请到日本，向他解释日本没有美国那么宽敞的driveway，这也是美国车在日本卖不动的一个原因。不过果真这样说的话，普通美国人有可能更加恼火：“连driveway都没有的国家何苦造那么多车出来！”给人家这么一说，作为我也势必欲辩无言。

伤脑筋啊！

如此这般，一年之间美国人的对日感情彻底恶化（这一两个月有所好转），常有日本人问我住在美国是否很不好受。前几天见到一个在宾夕法尼亚州一所大学留学的日本女生，她说自己小时候在美国住过一段时间，回日本后也一直偏袒美国，但这次到美国生活起来，觉得还是日本好。“村上先生您呢？”她问我。

不过给她这么一问，作为我真不知如何回答。因为若让我直抒胸臆，我觉得日本也好美国也好，生活的基本质量是没有多大差别的。当然由于年龄和处境的不同，情况自会不同。特别是年轻时候在外国生活，容易受外部影响，心也摇摆不定。我认为这是理所当然的。所谓年轻就是这么回事。但就我个人而言，无论在美国还是在日本，生活形态都大同小异。美国是有令人不快的不是东西的家伙，是有让人恼火的事情。肉眼看不见的种族歧视当然有，语言沟通不好而造成误解或心焦意躁的时候也有。有自命不凡目空一切的家伙，有刚愎自用的顽固脑袋，有一门心思以整人为能事的男女。同这样的人打交道，难免有一定程度的不快。可是细想之下，同样的事情在日本也曾以大体相同的比率、频度发生过，用日语不能顺利沟通以致生气恼火的时候也不止一次。日本也有不少——如大家所知——不是东西的家伙。若一视同仁地详细调查一百名美国人和日本人，不是东西的家伙自命不凡的家伙说别人坏话的家伙所占的比例，我猜想两组相差无几。热情友好的人和幽默风趣的人的比例恐怕也不相上下。

当然，若问我由于身为日本人，在美国是不是有时候不太好过，那想必是的。可是在日本也有各种各样的歧视，也有discrimination（不公平待遇）。我当小说家前在东京经营饮食店兼酒吧，当时这个那个的没少遭人白眼。到房地产商那里找房子，动辄被人说："噢，做酒水买卖的？不成不成，我们这儿不接待那样的人！"即使成了小说家，同样的闭门羹也吃过。租房子时，也被人家说什么"我们这儿只接待在上市公司工作的。"同日本人历史上歧视外国人（非日本人）的厉害程度相比，我这情况或许不足挂齿，但这还只能说是歧视而不是别的什么。而且，歧视是怎样一个东西，不实际遭受过是理解不了的。

人生途中这样的事体验得多了，"还是日本好""还是美国好"这类非此即彼式的看法似乎就渐渐淡化了。当然，我如果更年轻点的话或许不会这样认为，可是我已不那么年轻了，对事物的看法已被训练得多少实际些了，或者说开始带有怀疑眼光了。倘有人问我："在美国生活不好受吧？"我只能回答："在东京生活也相当不好受嘛！"尽管我心里清楚对方并不期待我这样回答。

后日附记

两年过去后的今天，敲打日本的倾向表面上似乎颇有收敛。相对说来，人们更为关心德国的新纳粹问题。德国人愤慨地说："美国人见人就问新纳粹，尽管那种东西从整个德国来看只不过是一小撮!"或许这也是所谓风水轮流转吧。关于日本同样苦于经济不景气的报道也多了起来，日本企业购买美国不动产的消息早已销声匿迹。日本汽车的销售时下也恼人地原地踏步，全美国汽车销量第一的不再是本田雅阁，而由福特金牛座取而代之。美国人总算多少找回了自尊心。

而另一方面，皇太子结婚对美国社会起到的宣传作用我觉得也是相当可观的。特别是小和田雅子个人对一般美国民众的影响力意外之大。她是哈佛精英这点作为话题自然非同一般，不过更主要的恐怕还是因为她的个性中有某种吸引人的东西。虽然皇室报道在哪个国家都很热门，但我也重新认识了热门的东西确实不可小觑。我觉得，事情这个玩意儿是会从意想不到的地方展开的。

大学村 Snobbism[1] 的兴亡

在日本的时候原则上我不订报纸那劳什子，但在美国不知何故竟订了两份。一份是叫《特伦顿时报》的地方报纸，在新泽西州首府特伦顿发行。普林斯顿到特伦顿开车用不了二十分钟，所以我住处周边发生的事基本上都给这报纸囊括了。地方色彩到底也浓，一周有四天头版头条是火灾或交通事故，无论如何也难以称之为面向知识分子（借用邓·克埃尔的话即“文化精英”）的报纸。不过，一来可以见到令人哑然的奇妙事件，二来关于地方琐事的报道方式也甚为有趣，来此之后我一直爱不释手。看这份报纸，可以多少了解这一带普通美国人的生活场景，比日本的《朝日》、《读卖》什么的生动得多，色彩也丰富得多。说实话，我作为“来自日本住在普林斯顿的小说家”，曾经成为该报第一版头条新闻。这东西都可以成为头版头条，其他可想而知。普林斯顿发行的地方报纸有《普林斯顿通讯》，编辑部就在我家前面，但它未免过于琐碎过于地方性了，所以没订。但说实话，我也被这家报纸采访过。

除了《特伦顿时报》，我另外订的一份就是有名的《纽约时报》。不过，每天每日看《NY 时报》难免有点儿累，我就只订周末即只订周六周日两天的。这项制度十分方便，每到周末就有厚厚一叠周日版活像丢小孩儿似的“通”一声丢在门前。上面有书评、电视节目预告、娱乐及美术指南等等，不一而足。认真读要花半天工夫。《NY 时报》诚然是提供堪可信赖的信息的优秀报纸，但对于不专搞政治和经济的人来说，光靠周末版信息量也基本够用了，不够部分可以通过《新闻周刊》和《时代》紧密跟踪。一般说来——仅仅是我个人意见——每天都看《NY 时报》这种郑重其事的报纸的话实在叫人腰酸背痛。

然而据我所知，普林斯顿大学方面的人士全部天天订《NY 时报》，没有人订《特伦顿时报》。我说我订了，他们全都做出不无

---

1 Snobbism：自命清高，摆绅士派头，道貌岸然。

愕然的奇妙表情。进一步说没订《NY 时报》，他们的表情愈发奇妙。于是赶紧转换话题。看来，订阅地方报纸在普林斯顿大学村（这说法再合适不过了）不像是怎么值得欣赏的行为。尤其是只订《NY 时报》周末版而每天看《特伦顿时报》之类，在这里更被视为相当不可思议的生活态度。说得极端些，作为姿态就不 correct（正确）。

与此相似的情形——离开报纸扯得远点——也表现在啤酒上。普林斯顿大学人士似乎十之八九喜欢喝进口啤酒。喜力（Heineken）、吉尼斯（Guinness）、贝克（Beck's）——喝这些牌子才算是 correct 。美国啤酒里边若喝波士顿的“塞缪尔亚当斯（Samuel Adams）”、旧金山的“铁锚蒸汽（Anchor Steam）”之类，因为不是很一般的牌子，尚属情有可原，毕竟波士顿和旧金山是多少有些格调的地方。学生们常喝的是“滚石（Rolling Rock）”，便宜而不无考究的意味。听说过去东海岸“库尔斯（Coors）”比较难买到，是“correct”的，而最近这边也很容易到手了，身价似乎随之一落千丈。日本啤酒作为存在是少数派，当然是 correct 的，但实际喝的人寥寥无几。但不管怎样，喝这类啤酒不至于有问题。

可是，倘若喝什么 Budweiser（百威）、 Michelob（米凯罗）、 Miller（美乐）、 Schlitz（施立茨），似乎很多时候人们就要露出诧异的神色。我也不大喜欢甜津津的美国啤酒，总的说来更中意欧洲风味，但也时常破例喝 Bud 干啤。觉得它干得不够劲儿的时候未尝没有，不过客观说来啤酒相当够味儿，跟寿司也算配合得来，连着喝也不易喝厌，何况价格便宜，六罐才五百日元，不坏。不料与一位教授聊天当中随口说道“美国啤酒当中我较为喜欢 Bud 干啤，时常喝”，对方便摇头做出不胜悲哀的样子：“我也是密尔沃基[1]出生，承蒙夸奖美国啤酒自是欢喜。不过么……”往下就含糊其辞了。

总而言之， Bud 和 Miller 这些在电视上吵吵嚷嚷做广告的啤酒主要是面向工人阶级的，而作为大学人士、学究之徒，则必须喝或最好喝更高雅更讲究文人情趣（intellectual）的啤酒。如此这般，从报纸到啤酒牌子，何为 correct 何为不 correct，在这里都有相当明

1 密尔沃基：美国威斯康星州著名的啤酒城。

确的区分。

我想日本的大学社会多少也有这种约定俗成的东西，但大概还不至于存在如此泾渭分明的制度性倾向。我对于日本大学人士的生活固然所知无多，但印象中“大学人士必须如此”之类的规范要比美国模糊。就算有喜欢看《东京体育》喜欢职业摔跤喜欢电视里的男女配对节目喜欢烧酒以至非演歌[1]不听的教授，大概也不会成为问题，也许有人会觉得有点反常，但周围人不至于因此皱起眉头，也不至于影响晋升或社会地位受到威胁。“那个人没有大学老师架子，蛮有人情味儿”——甚至有可能得此评价而受到欢迎。在这个意义上，或许可以说日本的大学更为平民化，日本的大学老师更接近“工薪族”。

而在这个国家（至少在东部有名的大学），如果有哪位老师喜欢 Budweiser 啤酒、是里根迷、通读了斯蒂芬·金、每来客人就把肯尼·罗杰斯的唱片放上去——没有实例只是想象——那么周围势必没人搭理他。没人搭理即意味着没人请他做客也没人上他家做

---

1 演歌：以日本传统唱腔演唱的流行歌曲，具有表演性质。

客，亦即被排挤出大学社交圈。而这样一来，现实的情况就是他就很难在大学生存下去，除非有作为学者的绝尘而去的业绩。以这一角度观之，我觉得美国这个国家比日本远为讲究阶级和身份。

“这就是说，美国的大学人士在社会上乃是孤立的存在。”一个美国人告诉我，“他们的存在非常特殊。大学是与一般世俗社会截然不同的世界。不妨说，好比大海中的孤岛。唯其如此，他们才必须确立只适用于自身的规则那样的东西来保护自己。如果有人破坏这个规则，那样的人必然多少受到排斥。”他说的是否百分之百正确我无从知晓，但我认为的确有这样的成分。

所以，电影方面喜欢欧洲电影和实验性电影，音乐喜欢古典或知性的爵士。车也似乎以不显眼为 correct，闪闪发光的新车在校园停车场几乎见不到。衣服以尽量不显新为上。我猜想他们做了新衣服恐怕先在家穿一个月，天天都穿，等多少变形了才穿去学校。英语有句话说是“Keep a low profile”，大意为“什么事都要低姿态”。普林斯顿的生活恰恰如此。八十年代的闪闪发光主义并未波及大学。

总之有诸多清规戒律。一开始我稀里糊涂，而在大学校园生活久了，这种微妙之处便渐渐了然于心，这个 correct 那个 incorrect（不正确）也明白了十之八九。

来这所大学之前我不清楚此类名堂，家里家外都美滋滋地喝着 Bud 干啤，近来则在家里偷偷喝了，出门尽可能喝吉尼斯黑啤和喜力什么的。家里为了招待来客，冰箱里总是贮备非美国啤酒。看来当知识分子也真够折腾人的——不是跟你开玩笑。

不过我在这大学里算是客人，因身为作家之故，很多事情人家都似乎高抬贵手。因为不在大学 hierarchy（等级制度）之内，所以生活态度多少有些 incorrect，人们也以“啊，他是作家”为由加以饶恕。作家这东西在美国的大学里和高级生物标本差不多，“有这东西，大学也多少增加一点色调，学生也可能兴奋。”如此而已。

话又说回来，这种需要考虑“这个 correct 那个 incorrect”的生活，换个角度看也是相当不错的。尤其是从日本那种没有固定价值观的流动性社会来到这里，反而让人舒一口气的感觉也并非没有。因为不必考虑多余的事，反正把细小部分齐整整地弄 correct 就算完事。反正订阅《NY 时报》即可，反正订《纽约客》即可（环视四周，似乎好多人只订不看），反正听歌剧即可，反正读加西亚·马尔克斯读石黑一雄[1]读谭恩美[2]即可，反正喝 Guinness 啤酒即可。但在日本就没这么简单，比如歌剧过时了、现在轮到歌舞伎了——无论如何都会出现这种情况。信息先于消化，感觉先于认识，批评先于创造。并非说这就不好，但老实说觉得累。我原本就不是赶浪潮抢尖端那一类型的人，只是远远望着如此神经兮兮地生活的男男女女而已，但光是看看也相当疲劳。说到底，这是一种文化上的烧荒农业，大家聚在一起烧完这块田后又跑去烧下一块，烧完后很长时间里寸草不生。本来天生富有创造性才华的人、本来必须慢慢花时间筑起自己创作体系根基的人，却不得不在脑袋里装满如何幸免于烧的念头，或者仅仅考虑怎样做才能给别人留下好印象。这不是一种文化消耗又能是什么呢！

如此思考之下，说保守性也好，说制度性也好，说阶级性也好，我认为只要有一条普林斯顿村式的“反正这里这么做即可”，

1 石黑一雄：英籍日本血统作家，用英语写作。代表作有《我辈孤雏》(When We Were Orphans)等。

2 谭恩美：旅美华人女作家，代表作有《喜福会》、《灶神之妻》等。

那么日本的文化人也就轻松多了，因为只须在末端那里依样画画葫芦，其他的尽可自行其是。当然，在纽约的最尖端，也是同日本一样竞争得锱铢必较，但那终究是小部分例外，不像日本那样民众被全国性泛滥成灾的信息玩得团团转，纽约流行什么，洛杉矶流行什么，普通人根本不以为意。无视这种流动性、感觉性而从容淡定地走自己的路的这部分人，我觉得某种程度上还是为社会所需要的。

另外来普林斯顿后感到舒一口气的，就是除去迫不得已的场合，人们一般不提钱。钱在这里极少成为人们的话题。反过来说，在日本人们可能总是谈钱谈个没完。在日本，动不动就有人说“村上君写畅销书钱大大的有，花这点算什么”。事情或许是那样，不过恕我直言，那纯属瞎操心。我开的是 1600CC 小车，于是有不少人说“村上君有钱别坐这个，买贵一些的车如何”。可这是我的自由，倒也不是讨厌贵些的车，但眼下我觉得这个挺好，开起来其乐无穷，用不着别人说三道四。

在这点上，“钱？噢，如此说来，世上钱那样的东西是有的”——普林斯顿的这种绅士氛围的确让我心怀释然。有人说；还不是伪善？世上哪有人不想钱呢？也许吧。但由于这里大家都闭口不谈钱，我就有了不谈钱乃理所当然的感觉。在这种环境中生活，就会不由想道：冷眼看待物质利益的追求而坚决主张“世间并非全靠金钱驱动，我等拥有比钱更宝贵的东西”，大概才是知识分子本来的使命和应取的人生姿态。

说到底，在正的意义上也好在负的意义上也好，所谓知识性的阶级性在日本已几乎分崩离析。战后一段时间里，这东西在某种程度上还拥有其作为 System（系统）的力量，后来不知不觉间就像同共产主义、名曲茶馆以及纯文学的衰亡相呼应似的突然销声匿迹了。知识性的阶级性消失了，阶级性的 Snobbism 的存在意义也就无从立足。剩下来的，唯有将阶级性的 Snobbism 的残存记忆作为“柏林墙碎片”式的商品向大众拆零推销的流通洪流和信息资本。

不过，从社会的大众化、规范化才是历史潮流这一观点来比较美国社会和日本社会，“已经这个德性了”的日本不论好坏已经历史性地进化了几个阶梯。不妨说，麦克阿瑟将军在第二次世界大战后推行的阶级制度解体作业的效果在两代人之后终于现出了全貌。如此想来，美国大学里的所谓知识 Snobbism 恐怕恰恰是阶级社会的最后挣扎。至于这种知识性的特殊社会此后能在美国勉强维持多久，任何人都不得而知。一般预测是：除却少数例外，迟早都要呜呼哀哉。也可以说，足以将这样的社会作为一个社会维持下去的“余裕”正在从美国这个国家失去。事实上，美国的大学经营已经到了全国性捉襟见肘的地步。据说哈佛、普林斯顿、麻省理工学院等超一流大学还没有那么严重，但一般大学则为慢性财政困难所困扰，效益不好的讲座接二连三下马，教员和职员的暂时离职也正在水面下进行。在美国大学里只要取得终身雇用权即可高枕无忧——这样的常识过去是有的，问题是纵使有终身雇用权，而若学院本身被连根刨除，那也就一曲终了了。我自己也听说过几个这样的例子。而这样一来，无论大家多么坚韧不拔，如今这种“不食周粟”式的知识 Snobbism 也将难以维持。也有人说，美国的知识状况本身从根基上已经风雨飘摇了。

这样，美国的大学迟早有一天也将同今天的日本大学一样迅速走向平民化、均一化，即使普林斯顿、哈佛这样孤高的城堡，其性质也可能大为改变。与此同时，大学中的非世俗学究气氛渐趋淡薄，而变得更有效益，更带有 Mass Production（大批量生产）色彩。此乃大势所趋，任何人的力量恐怕都无以抗阻。不过，我在被这所大学接纳、从而作为大学村一员生活的时间里，一种情绪不知不觉强烈起来：可能的话，不希望大学变成那样子。无论被称为精英意识还是被称为孤立的世界，世上也应该在某个地方保留一两处这种游离于世俗之外的天地。我当然清楚此乃建立在不平等性和阶级性基础上的特殊世界，可我仍然这么认为。之所以如此认为（若说出口来，在过去难免被斥为反动。不，今天也有可能），或许是因为自己年纪大了的关系，或许是因为我在这里归根结底不过是个旁观者。

后日附记

现在我在波士顿，报纸订的是《The Boston Global》（波士顿环球报），啤酒主要喝 Samuel Adams。这个 Samuel Adams 秋天推出的有点发黑的“Oktoberfest”（慕尼黑啤酒节）特供款我很喜欢。

从普林斯顿迁来剑桥，觉得这里到底是城市。在普林斯顿，提起大学只有普林斯顿大学一所。而这里则有哈佛、麻省理工学院、波士顿大学、塔夫茨大学、马萨诸塞大学……大学多得不可胜数。所以即使是属于大学，也完全没有普林斯顿那种独立“大学村”的感觉。没有朋友交往，说轻松也轻松，说单调也单调。

在普林斯顿的时候，周围住的清一色是三四十岁的年轻 Faculty（大学教职员），一有时间大家就聚在院子里烧烤或喝着啤酒天南海北闲聊。电视剧《双峰》（Twin Peaks）播完最后一集时还开了“Twin Peaks Party（晚会）”……虽说是 Party，其实只不过是准备了一大堆甜甜圈和咖啡，一起吵吵嚷嚷看节目罢了。总之聚在一起开家庭晚会似乎是镇上唯一的娱乐（因为无其他娱乐）。所以，在普林斯顿结交了不少朋友，有饭菜剩下甚至连锅端到旁边人家去。但在波士顿一般没这样的事，和在东京区别不大。

倒是打算在这里悠然过一阵都市生活，不过普林斯顿的日子的确难得而可贵。

美国版“团块世代”[1]

日前接得住在宾夕法尼亚州一位名叫辛西娅·罗斯的人的信，邀我去吃晚饭。信上说辛西娅实际上是司各特·菲茨杰拉德的外孙女，即司各特和泽尔达所生的唯一孩子司各蒂·菲茨杰拉德的女儿（司各蒂几年前去世）。她听人说我翻译了司各特·菲茨杰拉德的小说，对我产生了兴趣，特意邀请我去。信中说：“拜读了您两本译成英语的小说，令人兴味盎然。相距未免远些，若蒙驾临，不胜欣喜。周末但请住下，尽兴游玩。”

这位罗斯女士是何人物做何工作自是一无所知，不过见到司各特·菲茨杰拉德的外孙女这样的机会非常难得。我回信表示将欣然前往。数日后辛西娅直接打来电话，热情告知从普林斯顿去她家的路线。这以前我接到过很多人告知路线的电话，但此人讲的已超越英语日语的差别，总之令人叹服，简明扼要，一听即懂，前后顺序井井有条。一句话，是一位“说话痛快的人”。对于女性指路我原则上一律不予信任（我是在历经无数次痛苦后才得出这种歧视性结论的），但这个人大大例外。

为慎重起见，我说想确认她的住址以防迷路，因为来信上只有镇名街名而没写门牌号。“门牌号？”我问。她感到滑稽似的笑道：“这里根本就没有什么门牌号。建在这条街上的房子只我一家，没那个必要。反正来了就知道，看不漏的。”

“那倒是。”我姑且应道。但心里总觉得有些莫名其妙。街上只她一家？具体场景脑海里一下子很难浮现出来。

“实话跟你说，我家在乡下开农场。”她说，“周围真的什么也没有。反正生活一点儿也谈不上时髦。所以您别想象我外公笔下铺展的那种优雅生活。家里有两匹马、两只山羊、两条狗、一只猫——这样子可以的？”

“那当然。我顶喜欢动物。”我回答。

1 “团块世代”：日本战后生育高峰期出生的一代。

司各特·菲茨杰拉德生于一八九六年，若用日本说法，即明治二十九年。女儿司各蒂生于一九二一年，司各特二十五岁那年，在日本说来即大正十年。这就是说，大体上司各特相当于我祖父那代，司各蒂相当于我父母那代。我的父母也是大正后期出生的。这样，从常识上看这位辛西娅应该和我年龄差不多。如此一想，多少生出些感慨：怪不得，原来这么回事！

这以前我一次也没从世代角度看待过司各特·菲茨杰拉德这个人。我考虑司各特的时候，对我来说他乃是“留在文学史上的很久以前的人”，脑海里基本上未曾浮现出我和他之间可能有世代接点的念头。司各特是在袭击珍珠港的前一年即一九四零死的，死时才四十四岁。泽尔达死于我出生的前一年也就是一九四八年的一场事故。我开始读他小说的时候，他早已成为传奇人物。由于年纪轻轻就死了，照片上的他无论风貌还是衣着全都那么古色古香。但若重新计算年代，可以发现我所属的一代和他所属的一代在年代上是有密切关系的，正如我和我的祖父祖母们之间有的那种关系。我的祖父祖母们如今都已不在了，他们活着的时候我还年幼，不至于理解他们历史的、社会的处境及其度过的人生各个侧面，但是作为“爷爷”“奶奶”，我对他们怀有相当亲切而鲜明的记忆。想到这里，我开始在司各特·菲茨杰拉德这个作家身上感觉出了迄今未有的亲切。

不出所料，辛西娅和路易斯这对罗斯夫妇和我们（我和妻）差不多同龄，或者比我们年轻也不一定，总之是美国版“团块世代”，有大约刚上小学的两个小孩。不过，美国不存在相当于“团块世代”的说法。“baby boomers（生育高峰期出生的人）”这个说法固然有，但比“团块世代”适用范围大得多，二战结束至一九六零年之间出生的孩子统统包括在“baby boomers”范围内。将范围如此之广的群体一刀切纳入同一范畴我想大约是有问题的，但不管怎么说反正就是这样。日本相当于“团块世代”的一代人，大胆说来，不妨效仿劳伦斯·卡斯丹描写参加学生运动那代人后来情况的电影《Big Chill[1]》，称之为“Big Chill 一代（generation）”。总而

1 Big Chill：意为“大寒冷”。此电影一译《山水又相逢》。

言之，即所谓“六十年代发热、七十年代退烧一代男女”之意。在日本，只有“六十年代发热”这点作为记忆得到了强调，相比之下“七十年代退烧”则似乎很少提及——大概是由于国情不同吧。琢磨起来很有意思。

他们的家在一个名叫埃文代尔的小镇的边端，距费城有一小时左右车程。埃文代尔这地方生活必需品大体齐全，但再多的东西几乎什么也没有——镇的规模便是这么个程度。离开不长的主街马上就是泥土路，按辛西娅的指示沿这乡间土路颠颠簸簸向前行驶之间，看见一座农舍样的房子：唔，大概这就到了。往里一进，果然是罗斯家。如电话中所说，的确不会弄错。四周是一望无际的碧绿的农场，牛马在初夏的阳光下悠然自得地吃草。能称为房子的只此一座。

不过，说是农场，但并非罗斯夫妇在此务农。他们无论在哪个意义上都不是农夫。他们生在城市长在城市，这点一看他们的衣着、生活场景、说话方式即可了然。他们即使住在大城市的高级公寓开捷豹或宝马也丝毫不足为奇，住在农场仅仅是出于兴趣。实际上主人路易斯也在费城近郊上班（大概是什么专业性工作），市内有寓所。如辛西娅电话中所说，他们自家养马养山羊，但并不以此生产什么。对他们来说，重要的是“住在农场”这一姿态，即离开都市生活在大自然中平和度日这一事实。如果粗线条地分类，或许“Post Yuppie”（后都市职业者）一词符合他们的生活方式。在里根当总统时的“经济交给你”景气时代的美国，年轻一代认为最时髦的是住在大城市商业地带、出入高级餐馆和夜总会、开高档车、过最新潮的花天酒地生活（若想了解此类生活的典型，可看布莱特·伊斯顿·艾利斯（Bret Easton Ellis）的《American Psycho》（美国精神病人）。作为作品虽然毁誉参半，但作为社会状况资料恐怕还没有如此富于自我牺牲精神如此冷嘲热讽的小说。至少，《虚荣的篝火》尽管冷嘲热讽，却不是富于自我牺牲精神的小说）。八十年代接近尾声时，随着长期的经济衰退，都市荒废，行政服务水平低下，犯罪频频发生，于是他们逐渐离开了城市。最主要的原因，在于城市已不再是适合培育子女的场所。不但危险，教育环境也很恶劣。随着孩子的成长，他们放弃了住在城里的想法，转而寻求更安全更清静的环境，于是在乡下买农场、养马养山羊、开四轮驱动车跑来跑去。

他们的“农场”，面积共有六英亩。以坪[1]计算，六英亩大约等于七千三百五十坪。作为美国的“农场”并不算大，充其量是微型农场。但以日本人的感觉来说，可谓相当广阔。里面有个相当大的水池，告诉我在这里能钓上 bass（鲈鱼类）。我借来鱼竿向这 bass 挑战了三十分钟，遗憾的是一条也没钓着。我拿钓鱼竿的时间里，他们养的两条拉布拉多犬被猎犬的本能所驱使，“扑通扑通”在池里游来游去，追赶藏在草丛中的一对鸭子夫妇。见此光景，我不由心想，这简直就是屠格涅夫小说中的场面。

房子和农场原本归一个贵格会教徒所有。房子是南北战争前建的，当然已相当古旧，但养护得很好，现在也完全能用。另外，房子里到处有类似隐身处的构造。秘密门、秘密通道、藏匿点等随处可见。掀开壁橱的底板，下面是秘密阶梯，可以悄悄钻到外面。之所以有这么多名堂，是因为在南北战争废除奴隶制度之前，住在这里的贵格会教徒要隐藏奴隶以免被官府发现。教友会教徒奉行反对奴隶制度的教义，为把南方的黑人逃奴送去自由州或加拿大而修建

1 坪：日本土地面积单位，相当于 33 平方米。

了这条称为“underground railroad”（地下铁路）的秘密路线，这座房子为了这个目的，也发挥过中转站的功能。

辛西娅准备饭菜的时间里，路易斯领着我们参观，这个那个地介绍这座房子的来历。他在工作之余热心参加保护当地自然环境的活动，每当旧农场被转让出去有可能遭到毁坏，或房地产商要建造商业住宅时，他便召集当地人，确认其将采用何种形式，对环境将带来何种影响，举行听证会，若有具体问题就对其开发提出异议，开展反对运动。他一直在争取把此地存留的宝贵历史遗产传给后代。

“这种活动非常忙，几乎没时间休息。”他说。想必是的。平时干自己的工作，休息日处理很费工夫的农场杂务，维修旧房子，又处于环境保护小组的核心位置，忙是理所当然的。

现在由于经济衰退的关系，大肆毁坏环境的现象似乎减少了。尽管如此，美国的个体农业从趋势上说仍处于长期衰退之中，经常存在旧有的大型农舍转卖给开发商的可能性，所以他们总是睁大眼睛注视这种动向。“要尽可能把这里现存的东西原封不动留给后世。变化要压缩在最低限度。要把自己完全融入现存环境之中。”

这就是他们所追求的基本生活方式。其中含有他们的强烈意愿：这才是美国应有的形象！

一进大门就见到一株有几百年树龄的壮观的橡树。有一根树干中间烂空了，前几天刮大风时“咔嗤咔嗤”折倒在地。倒的地方正是平时路易斯停放沃尔沃旅行车的位置，幸好他外出旅行，车没有被压在下面。树干粗大得很，砍成柴后堆得小山一般高。旁边还有一根树干也烂到了同样程度。“这个折断也是时间问题。”他苦着脸说，“可是这么漂亮的古木砍了也真是可惜，伤脑筋啊，说实话。”沃尔沃倒也罢了，问题是还有小孩子，所以那玩意儿放着不管可太危险了，我想。但与此同时，我又不能不由衷佩服：就算是自然保护吧，要做到这个地步也真不简单。

吃晚饭时附近来了不少人。经营本地报纸的一对，退休的大学教授（他说自己专搞城市问题，日本田中内阁时代当过顾问。对了，不是有列岛改造论了么？）夫妇，影像作家，等等。这些人组成的新型共同体在远离城区的田园地带渐渐成形，这种共同体与当地已有的共同体大异其趣，属于知识阶级的高觉悟群体，其中多数是学者、艺术家或从事专业工作（或曾经从事过），而且由美国版

“团块世代”占据中心位置。他们体验过六十年代政治意识的高涨，大部分深藏着组织者的才干，或者习惯于被组织。今天他们的注意力已转向环境保护。曾几何时，他们的目标是反越战、通过民权运动消除种族歧视。但反战早已不是政治的主要话题，而美国的种族问题一如洛杉矶暴动所示，已发展到了无可救药的地步，可以说，六十年代那种单纯信奉“只要消除法律上的歧视，实现种族间的机会均等，一切即可顺利解决”的乐观见解的人如今已无处可寻。他们本来就是因为厌恶种族摩擦愈演愈烈的狂热环境而从城市逃出来的，所以他们的目光必然转向堕胎问题和女权主义之类的妇女问题——是的，这是尚未解决的歧视——或者地区性环境保护、地区性社会正义的实现之类细小方面，而且，这里所说的“地区”从结果上说指的是白人占人口大半的社会。

因为晚饭间提到了洛杉矶暴动，我就顺便问了这个地区有多少非白人居住，不料他们全都面露窘色。“说起来，墨西哥人社区是有的。”有人突然想起似的说道，“作为社区虽不很大，但有还是有的。他们是来采蘑菇的，就那样住了下来。宾夕法尼亚州能采到好蘑菇嘛。他们 OK，勤劳，本分，没问题。都在这里拼命干活，薪水寄回墨西哥。黑人没有多少。”接下去话题转到了蘑菇上面。

我压根儿没有责怪他们的念头。假如我处于他们的立场，现实当中我恐怕也只能做同样的事情。遗憾固然遗憾，但美国这个国家已完全分成了城区 ethnic（少数民族）和郊区白人这两个社会或两个国家，而且毒品和枪支这两大毒瘤正从根基上侵蚀着这个国家。布什总统向选民保证彻底铲除毒品，但没有一个人认为政府实施的政策会产生实质性效果。这些问题作为巨大的厚壁挡在人们面前，模棱两可的“社会意识”看起来根本无济于事。相比之下，以前反越战和民权运动之类的最重要事项，倒是简单易晓的。想到这里，不难想象当今美国知识分子所怀烦恼的强烈程度。

自不待言，地区性环保也是相当重要的问题。“比这更重要的问题也是有的吧”——非当事者这么说自然容易，但首先从自家院子的一棵树开始也是一个相应的见解，比一开始就说“问题太大”而放弃努力无所作为当然要好得多。从能够做到的地方扎扎实实一点点做下去，迟早总会找到突破口。同这种美国版“团块世代”相比，日本的我们这代人现在视什么为最重要问题，又在实际干什么呢？对此我不由陷入深思之中。说起来，世上可能既有孜孜不倦身体力行的人，又有无所事事的人。但作为实际问题，大多数和我同代的男性总是每天为工作忙得团团转，其他事情一概考虑不成。我其实也是到处游逛，除了写东西没做任何有形的事情，所以自己也根本没有资格指责路易斯等回归田园之人的所作所为是微不足道的。

不过，这次回日本安顿下来以后，我也准备在身边找一找，看自己能做点什么。这倒不是说做了志愿者活动和社会活动等等就了不起，不做就差劲儿，最重要的问题，是发现自己能干什么和想干什么。换个说法，或许就是能把自己的疑问具体压缩到什么程度。来美国同各种各样的人（尤其同代人）交谈的时间里，我开始较为认真地就此加以思考。我在很长时间里相当固执地认为自己和同代人无关，个人就是一切，而且一直也是这么过来的。但现在我觉得，我们这代人毕竟有着我们这代人独特的经历，现在恐怕已经到了再次清算这一侧面，进而重新思考眼下能做什么的阶段了。

言归正传。在我的同代人路易斯和辛西娅家里，墙上挂满了辛西娅外祖母泽尔达·菲茨杰拉德的画。挂得非常随意，随意得令人吃惊。如今每一幅画都很珍贵。整个下午我都是看着那些画度过的。看泽尔达的画，我总是深入思考艺术这东西的意义。泽尔达多数画幅都蕴含着非凡的灵感，我们可以真真切切地感受到其中表现的某种极为重要的东西，可以明白画是出自才华横溢的人之手的。但是，这些画纵使极富艺术性，也不可能成为真正意义上的艺术作品。将这两个世界隔开的是一道非常之薄的墙壁，然而又是森严壁垒。泽尔达的画未能穿过那道墙壁。她的文章也是如此，她所热衷的舞蹈也未能例外。这点司各特清楚，泽尔达也（应该）清楚。唯其如此，泽尔达才在汹涌的无奈感中沉入狂躁不安的世界。拥有无可抑勒的才华却不拥有使其尽情施展的程序的人生，对于泽尔达来说想必与拷问无异。

路易斯和辛西娅夫妇一年前应邀去了一次日本。宝冢歌舞剧团将《了不起的盖茨比》搬上舞台，作为纪念而在公演时将身为司各特·菲茨杰拉德之孙的两人请去东京。我问路易斯舞台效果如何。“唔——，OK。不过，多少有点儿 Strange（怪异）。”她的心情我也好像可以理解。

后日附记

知识界的美国人，无论以怎样的形式都不至于说出可能被人理解为种族歧视的话来。但与此同时，无论怎样的自由派人士都会在地理上相当明确地表现出歧视倾向。这是个非常有趣的现象。例如可以这样直言不讳：“从112号往北去不行，那里是 rough neighborhood（不安全地带）。”甚至特意在地图上做出记号：“不能从这往北！不能从这往西！”不过在结果上，112号北边的 rough neighborhood 的居民有百分之九十四——比如说——是黑人。这点开车经过即一目了然。总之等于说“从这里往北（比如说）住的是黑人低收入阶层，经常发生同毒品有关的杀人案什么的，所以最好不要靠近”。但由于这样的说法不得体，就置换成地理位置以互相传递信息，而这一置换又那般若无其事明快利落，对此我总是想“到底那么回事”。

看托马斯·沃尔夫[1]的《天使，望家乡》，里面清楚地出现了“黑人区”（nigger town）这样的字眼，亦即城市里的黑人专用住宅地。这当然是存在种族隔离制度的十九世纪二十年代南部城镇的事，但未尝不让我觉得很多

1 沃尔夫：美国小说家（1900—1938）。

事情归根结底不过是换了术语而已。

在电影《旭日追凶》(Rising sun) 里，黑人警察把日本无赖引诱到市中心，借同胞之手狠狠教训了一顿。当我听他说“rough neighborhood 也是美国财产!”时，心想，这还真不一定全是开玩笑。

在美国跑步　在日本跑步

在日本的时候也好，在美国的时候也好，只要没有特殊情况，我每天都跑步，有机会还参加赛跑什么的。若问我在日本跑和在美国跑有什么区别，我还只能回答“有的”。当然，不是说跑这一行为本身有什么不同。左右脚交替迈出，尽可能迅速有效地将躯体移向前去——无论在世界哪个角落，这都是“跑”这一行为的基本形式。但若说到对“跑”这一单纯行为提供怎样的人为环境，则场所不同就会有很大差异。造成差异的最大原因，不用说，在于营造环境的人的意识本身存在着差异。

假定你是业余赛跑运动员，对老是一个人在家附近跑感到单调，想在十公里比赛中一试身手。若在日本，只要买来专门讲赛跑的刊物，查一下后面的比赛日程表，就能知道每个周末日本全国都有为数不少的越野赛。在美国，只要去一下街头巷尾的体育用品店，关于近郊举行赛跑的小册子即可手到擒来——上面有篇幅不大的讲赛跑的地方专页。参赛费日本大体两千至三千日元，美国十至十五美元。整个看来美国的似乎多少便宜些。参加赛跑并非日常性的，所以，不妨说款额上没有多大差别。

问题是参赛报名截止日期。在美国，如此程度的业余赛原则上不存在截止日期。大半比赛当天当场跑进去也可以。当场跑进去的，参赛费一般高出三五美元，有时候还领不到 T 恤（或者领不到所要号码的 T 恤）。但如果对此不介意，情愿多花五美元又不稀罕什么 T 恤，那么赛前十五分钟赶到出发地当场交费就 OK 了。简单至极。早上睁眼醒来心生一念：好咧，今天跑上一场！那么马上就能跑上。

而日本则不然。细小的不同固然难免，问题是大凡赛事都一个月前就报名截止，要当天参赛简直是开玩笑。至于何以那么看重截止日期，原因是——我是这样猜想的——必须编印选手名册。在日本参加赛跑，一般在领号码时要领一本选手名册。名册上一个不少地印有参赛选手的姓名。若是四十二公里远距离马拉松倒也罢了，而充其量五公里十公里跑着玩儿的把戏，何苦特意搞什么名册呢！然而日本的赛跑主办者就是那么认真。把所有参赛者的名字一一排列印成小册子当然要花相应的时间，正因如此，报名日期才一个多月之前即告截止。这么着，就算你下决心“好咧，跑上一场”，而实际跑上也要等一个到一个半月。何必不厌其烦搞什么名册呢？我是不大明白。莫非没有名册就会有选手表示不满，说什么“没有名册到底寂寞啊”，就像世间存在着看电影必买小册子（又贵又空洞的小册子！）之人一样。也许，这其中还涉及当地印刷专业户的利益吧。

选手名册上另外一点叫我心烦的，是必须标明所属团体。例如我，就要写成“村上春树　××岁　东京　无所属”。不料细看名册，像我这样属于“无所属”之范畴的人寥寥无几。别人大体都正儿八经属于某个团体。属于“陆上自卫队”者有之，属于“东京电力跑友会”（不知是否实有其物，比方说）者有之，属于“东京都政厅”者有之，属于“国立跑步协会”或“西宫赛跑俱乐部”者有之。什么也不属于的人委实屈指可数。每次瞧那名册，我的心情都挺复杂的，再次深切感到“噢，说到底我不属于这个世界所有地方的任何组织！”老实说，我真不希望在晴朗得令人浑身舒坦的星期日从一大早就一一感觉这玩意儿。

美国就不存在此类名册。报名、领号、跑，这就是了。当然喽，若是波士顿马拉松和纽约马拉松那样的大赛的确是有名册的，也的确有截止日期。不然的话人数太多无可收拾。不过名册上没有“所属团体名”这个栏目。他们压根儿就没有“所属团体”那样的意识。远距离赛跑基本上是以个人资格参加的，至于那个个人属于何团体在何处任职，那是了不相干的。对于我来说，当然是这样快活得多。

据我所知，美国几乎不存在什么“跑友会”之类。近来在纽约中央公园跑步时有意观察了一下，发现纽约的跑步差不多都是一个人跑，两个人跑的大体上不是夫妇就是恋人。大概没有日本那种一到星期日众人就聚在一起跑、跑罢一起去哪里喝啤酒的团体。我倒不是说众人一起跑就不好，只是说人家美国人不那么跑。我想这恐怕是日本人和美国人的 mentality（精神状态）有所不同。顺便提一句，住在意大利时，看见意大利人常常结伙一起跑，星期天早上沿台伯河跑步，有时能看到好几伙——一伙十人左右——身穿同样 T

恤的老伯。我不知道为什么意大利人喜欢聚堆跑步，有可能因为一个人跑时不能交谈，感到寂寞。

日本赛跑同美国赛跑的另一大区别，是开幕式的有无。即便是波士顿马拉松和纽约马拉松，也不搞什么开幕式。在波士顿，确实有人在即将起跑时站在起跑线附近的高台上无伴奏地唱《美丽的阿美利加》，随即开始倒计时，一声枪响。何以唱《美丽的阿美利加》呢，是因为这天正值马萨诸塞州的“爱国日”。但没有大人物紧接着搞什么致词。大家聚在一处，“砰”一声即算了事。可是日本比赛开始前必有像模像样的仪式：市长致词、教育委员长致词、大会委员长致词、县议会议员致词。同小学运动会的致词如出一辙——想来，小学运动会的运作方式大约是日本远距离赛跑的雏形——都是千篇一律的老生常谈。没有人听那玩意儿，无非政府方面人士围作一圈“吧唧吧唧”鼓掌而已。陪伴着这些人，日本的赛跑主办者差不多已把选手们忘个精光——我对此可是深有感触。当然，对于星期日一大早就顶寒风冒冷雨站在路旁维持交通或热心供水的工作人员，我是深怀感谢之情的。但另一方面，我常常心想，主办方上面的人脑袋里恐怕大多装的是“弄得像那么回事儿”或“别出洋相”什么的，而“跑”到底是怎么回事、如何提供便于选手跑的环境这些本来一开始就应具备的基本念头却很淡薄。

几年前参加东京郊外F市主办的“F马拉松”时，开赛前几天市政府职员就往家里打电话，要我提前三小时到起跑地点集合，否则可能取消参赛资格。我说作为集合时间提前三小时无论如何太早了，问其缘故，得知目的似乎是让尽可能多的选手参加开幕式。这马拉松大会（准确说来马拉松是指四十二公里距离，此外应称为“远距离赛跑”——不说也罢）有几种距离，从短的开始依序起跑。第一批九点开始，我跑的是在偏午时分。所以，开幕式比我开始跑的时间提前了许多。开幕式照例有市里头面人物致词，届时若凑不够一定的人头数，作为主办部门想必不好交代，以致工作人员要挨门逐户往参赛者家里打近乎威胁的电话招兵买马。说是和平光景也行，反正我觉得日本的衙门可真是有闲工夫，先上来的不是火气，倒是敬意。如此情形，与其说是“上意下达”，恐怕不如说成“上意下溯”。问题是，较之往这上面操心费力，更该设身处地为提前三个钟头之多被赶出家门的普通选手着想才是。赛跑到底为的是什么？是为谁主办的？至少我对这“F 马拉松”是不想参加第二次了。较之办赛跑，这家市政府说不定更适合办赛马（这样就晓得在哪里了）。

我倒不是袒护美国，但若让我作为一个参赛者畅所欲言，我看至少在赛跑方面日本恐怕到底比美国落后一大截。从主办者角度来说，模式大概是这样子的：国土狭小→取得占路许可不容易→必须向政府和警察点头哈腰→所以难免成为看上头脸色行事由上头主导的比赛。可是问题不仅仅在这里。我在美国参赛每每尝到的是类似“手工操作”、“小民为主”的味道。比赛大多由各地小社区操办，基本目的是促进当地居民健康向上的生活。或者有时由本地“防止幼儿虐待会”那样的团体主办，目的一是募集资金，二是宣传（每人发一件写有“不许虐待幼儿”字样的 T 恤）。不管怎样，举办宗旨都是较为清楚的，有不少明确提出“本赛收益捐给……”从事会务的全是自愿聚在一起的志愿者。跑的过程中也很有一种“爽快”感，用不着争先恐后，轻轻松松跑完，就好像日常跑步的延伸。当然日本也并非没有这类令人开心的小规模赛跑活动，我有好几个因为开心而想年年参加的国内赛事，但总的说来这属于例外。在日本，大多时候无论如何都要由衙门——大部分是市或镇的教育委员会——念开场白，因此整体上总有虎头蛇尾的印象。尤其在有旅游景点的地方，由政府和旅游行业携手举办的比赛往往出问题。从经验上说，参加这样的比赛很少让人欢天喜地，主办方也只是作为买卖确保圆满收场，几乎感觉不出其中应有的心意——或许那玩意儿一开始就无从谈起。唯独礼品袋、参赛奖和名册日见豪华，而对于参赛者的关心却日愈淡薄。至于比赛的收益跑到哪里去了，没有人晓得。

国内这种商业化比赛固然叫人不满意，而负责海外马拉松旅行团的旅行社的做法也有让人纳闷之处。例如有这样一件事。我认识的 M 君和我一同参加波士顿马拉松时，告诉我他是在东京报名的，因为大旅行社 K 社代理此项申请。不料去 K 社时，对方递给一张调查表，让他先回答上面那些问题。倒也算常有的事，问题是调查表上排列的是只能说是莫名其妙的提问。例如“参赛前一星期你性交么”云云。真有其事，不开玩笑。或许我想象力不够，也可能仅仅是脑子反应不过来。可我怎么想都理解不了：参加马拉松前一星期性交不性交这样的事对于旅行社能有什么意义呢？这个调查结果打算用于什么目的呢？莫非他们以为“距离比赛前一星期我必定性交”这一坚定而一贯的信念之人世上为数可观不成？赛前也好赛后也好，性交那东西愿意来则来，不愿意来则罢，不是么？这种事难道还要一一讲给别人听？如果我这样的想法作为社会公理有问题，那么我道歉就是……M君也瞠目结舌，问道：“这个也必须一一回答？”对方说：“当然。因为是正式文件，不回答所有提问不好办。”

M君到底气恼起来，没填写那玩意儿就回来了（理所当然。若在美国做同样的事，笃定事情闹大。没准负责人就一下子被炒掉了）。我听后也久久陷入深思。M君自然除外，可其他报名者对这种毫无意义可言的愚蠢提问莫非也毫无怨言地填写“性交”或“不性交”不成？想到那样的场景，我不由得一阵黯然神伤。用自己双脚跑步——世界上最个人的也必须是个人的行为居然被以如此形式扭曲、居然因组织的力量而受到如此无谓的不必要的制约和强迫。我认为这无论如何都是错误的、极为可悲的。

日本的参赛者们，我要向你们认真建议：不妨对很多事情多生些气！不妨大声疾呼："我不是寒冬一大早冷得浑身直发抖来听什么市教育委员长的无聊讲话的！"不妨厉声抗议："参赛前性交也好不性交也好跟别人毫不相干！你们本来就没有问这个的权利！难道你们不知道个人隐私的尊严吗！"不妨向装腔作势的比赛主办者高喊："我属于哪个团体不属于哪个团体怎么都无所谓！跑步的是我个人！"或者说对其他参赛者来说这种事莫非无可无不可？也不怎么生气？我反正是每有什么就发牢骚，但近来觉得好像只有自己一个人在抱怨，渐渐寂寞起来。

还有一件事。去年檀香山马拉松之际，我正好去夏威夷办事。因为刚跑完纽约的，当时就没跑。只见夏威夷的报纸上说日本人参赛者太多了，问题相当严重。太多有多少呢？总数一半以上是日本人。准确数字忘了，记得大约两万参赛者中日本人有一万二千左右。檀香山马拉松原本是以防治心脏病为目的举办的，谁想参加都可以，时间限制也一概没有。几乎没出现一流选手，目的不在于创纪录而在于让更多的人尝到跑步的乐趣。比赛的操办委托给人数众多的本地志愿者，由市民共同协助办成轻松愉快的赛事，此乃能让人觉出市民热情（气温亦有些过热）的“家乡活动”。一九八三年我也参加过，的确其乐融融。

可是如今本地一般市民对檀香山马拉松的形式似乎相当心怀不满。报纸上也有不少这方面的读者来信：“我们何苦特意协助操办日本人占一多半的活动？”“限制参赛人数！大半的日本人光走不跑。”当然有这么多日本游客赶来，旅游行业是赚钱的，但对于不得不忍受一天交通管制的不便的普通市民来说则什么好处也没有，只落得麻烦罢了。甚至有这样的读者来信：“虽说旅游行业赚钱，但怀基基的旅游业百分之八十都是日本人经营的。归根结底日本参赛者是从事旅游业的日本人叫来的。赚钱？赚的钱还不又寄回日本了？总之是日本人利用我们的地方我们的比赛赚钱，不是么？”这种心情我也不是不理解，那么多人跑四十二公里——就算多少走一段——本身是令人欢欣鼓舞的，但为数超过一万的人专门从日本乘飞机拥来参加外国的马拉松大会，的确可以说是“脱离常规”。也可能你说反正日本人有钱，原因就是如此。是的，如果没钱，绝不会有一万多人飞来夏威夷跑马拉松。这点毫无疑问。但原因不仅仅是这个，我想。

说到底，恐怕大多数赛跑者也认为日本的马拉松没意思吧？你以为如何？

后日附记

有一说认为长跑的人多是平庸无聊之辈。我本身也长跑，觉得此说颇有可信性。例如，每次看跑步专门杂志上的读者来信栏目，都深感的确枯燥无味。世上有无数专门杂志，而在文章的无聊程度上跑步杂志相当领先，就连牙体技术师专门杂志的文章都多少比它生动有趣。一次听人说（终归是听人说的，不知真假。错了请原谅）主持人在电视上讲："一看见早上跑什么步的家伙就想伸腿把他绊个跟斗，问他难道你们就那么想长命百岁？"这种心情我也不是不能理解。

不过有一点可以断言：跑四十二公里绝非无聊的行为，它的确富于刺激性、非日常性和想象力。即使平日无聊至极的人，一跑也会变成"别的什么"。只是，一旦要将这"别的什么"用语言表达，便不知何故会变得极其平庸无聊。

此外，某主持人在电视上的意见（假如他真是那么说的）里有一个误解：我等绝不是为了长命百岁才跑步的。就算活得短暂（人生这东西尽管多少存在误差，但终究是短暂的)，也要为这短暂的一生而全神贯注地奔跑。所有男女统统跑步的必要当然没有，可是选择如此活法的权利是有的。况且，偶尔知晓一下自己乃彻底无聊平庸之辈，不也是必要的么？

斯蒂芬·金与郊外恶梦

普林斯顿郊外有一方“和平的郊野”，称得上犯罪的犯罪很少发生。前几天家里来了一份大学管理部门的通知：“不在家的时候，哪怕短时间也务请把门锁好。近来乘虚而入的事件似乎时有发生。”反过来说，就是过去即使不注意锁门也无所谓。听说近来由于经济不景气，失业者增多，住在城里的人开始像外出打工一样来郊外住宅区偷盗，不能像从前那样掉以轻心了。不过和大城市相比，这里犯罪率仍然少得多。

报上报道的也大多是“校内六辆自行车同时被盗”或“住在普林斯顿的作家乔伊斯·卡罗尔·欧茨女士驾驶的汽车在埃尔姆大街被撞”之类。顺便说一下，欧茨女士没有受伤，只是保险杠塌了个小坑。看照片，双手叉腰站在车旁的欧茨仿佛在说：得得，乱弹琴！后面车里的年轻女孩似乎因为“想什么事儿来着”而看漏了前面车上的刹车灯。

另外有一起事件很大程度上成了全国性的话题，说不定有哪位听说过——住在普林斯顿的一位女士状告作家斯蒂芬·金先生的《头号书迷》（misery）为剽窃。是去年的事情，已属很旧的旧闻了，但因为同普林斯顿居民有关的全国性事件相当罕见，且事件本身的发展也极为有趣，所以在此介绍一下。

事件始于一位家住普林斯顿的安·希尔特娜女士状告恐怖小说作家斯蒂芬·金，她对新闻记者说《头号书迷》那部小说其实是她的作品，差不多每字每句都是她写的。“他闯到我家偷走了原稿。”

对此，金氏法律代理人阿瑟·格林断言安·希尔特娜所言毫无根据纯属胡说，并称她是个一连给金氏写了十年“傻”信的没冒芽的作家，这种人简直不值一提。

再讲一下安·希尔特娜的说法。她说斯蒂芬·金从七十年代到八十年代三番五次闯入其家门，偷去她和弟弟写的原稿挪用到他本人的作品中。以前她也屡次提出抗议，尤其是这回的《头号书迷》，等于厚颜无耻的全盘照搬，所以她再不能忍气吞声。她要求把书的销售收入和电影改编的收入交付自己，并马上从书店收回单行本。而且断定书中出现的精神异常的护士安妮·威尔克斯（凯西·贝茨因扮演此角色得了奥斯卡奖）是以自己为原型的。希尔特娜说：“我可不愿意被人用在斯蒂芬·金的书中。”

默瑟县检察院的一位职员承认安·希尔特娜提起过好几次关于她和斯蒂芬·金的关系的奇妙诉讼。一次她指控斯蒂芬·金乘坐装有窃听装置的飞机在她家房顶上盘旋窃听，要求对方中止这一行径。“作为窃听方法应该说相当别致，”听取指控的职员这样发表感想，“但是她很认真，打心眼里深信自己所言彻头彻尾属实。我也试图说服她消消气，可这事要做起来，总觉得自己是站在坏人一边。”

她否认自己给斯蒂芬·金写了恐吓信。“我只给他写过四张明信片。”她说，“金给我来过一封信，叫我最好请精神科医生看看。”

报道旁边刊出了安·希尔特娜的相片。她穿一件毛绒绒的毛皮大衣，戴一顶同样毛绒绒的毛皮帽，笑容满面。从相片看，只是到处可见的普通中年妇女。

若光是这些，无非是俯拾皆是的“脑袋出了点儿故障的阿姨”的故事。但往下的发展就多少有点离奇了（报纸上称为斯蒂芬·金式转折）。数日后的四月二十六日早上六时，一个叫埃里克·基恩的二十六岁男子闯进金氏位于缅因州的维多利亚风格住宅。当时金氏出门旅行或做什么去了，家里只有太太塔薇塔。基恩对她说背包里有炸弹，她马上跑出去向邻居求援。赶来的警察在阁楼里找到入侵者，用警犬把他逼入死角逮住。原来背包里的炸弹是假的，他说为了教训一下非法窃取自己住在新泽西州的婶母的原稿写《头号书迷》的金氏，所以带了假炸弹上门来吓对方一吓。

这么一说，一般人大概都会想象基恩这小子是安·希尔特娜的侄儿，然而实际上基恩与安·希尔特娜之间毫无亲戚关系。《特伦顿时报》打电话问住在佛罗里达的安·希尔特娜的叔父，对方说据自己所知，亲属里没有人叫这个名字。一桩蹊跷事。

关于这一事件，安·希尔特娜说：“这场炸弹闹剧是基恩一手导演的。我没有哪门子亲戚叫什么埃里克·基恩。那还不是基恩为了表现自己所做的勾当！那种人为了钱什么都干得出来。基恩是个浅薄的傻小子，那种人往后大概也会以行窃为生，他要一家接一家偷下去。”

据普林斯顿警察署介绍，安·希尔特娜不单单对金氏，对乔伊斯·卡罗尔·欧茨和诺曼·梅勒也有非难。按她的说法，一九八九年和一九九零年两年间，这三个作家合谋闯入她家偷去了手稿。欧茨和梅勒有何必然性被牵扯进来自是不知，不过金和乔伊斯·卡罗尔·欧茨外加诺曼·梅勒三人一起入室作案这光景未免有些妖气弥漫，倘能看到，我都想一睹为快。

“安·希尔特娜也好埃里克·基恩也好，不过是想引起世人注意罢了。”斯蒂芬·金接受电话采访时无奈地说，“他们不过是想通过引人注意来确认自己的存在。这种多少出格离谱的人那一带遍地都是。我或者斯蒂芬·斯皮尔伯格和乔伊斯·卡罗尔·欧茨就像避雷针一样，起着吸引他们的作用。”金氏还回忆起了在纽约一家书店应一个名叫马克·查普曼的男子的请求在书上签名的事。刚签完名，查普曼就开枪打死了约翰·列侬。假炸弹和莫名其妙的指控或许应该算是幸运的了。

入室者埃里克·基恩被关进了拘留所（保释金五千美元），但他始终一口咬定金的小说《头号书迷》是以他婶母的经历为基础写成的。他说自己写出了《头号书迷》的续篇，希望金能帮助出版，但未谈拢。律师说“大概是为了继续商谈而闯入家中的”。就是说，这里又冒出了“没冒芽的作家”。

安·希尔特娜几天后主动撤回了对金氏的起诉，原因是“不大可能得到公正的审判”。奇怪的是，三天后她再次提交了同样的起诉书。很遗憾，不清楚这份起诉书后来的命运如何。我也留意看报纸来着，但那以后再没出现有关希尔特娜/金的报道。

我写《挪威的森林》那部小说的时候也曾接到过同一类型的“莫名其妙的人”的信，所以怀着个人兴趣把该事件的经过剪辑了起来。重读报道时首先想到的是：倘有安·希尔特娜那样的人实际住在附近，肯定啰啰嗦嗦大伤脑筋。同这种人打交道若有闪失，不晓得会惹他说出什么干出什么来。那么死皮赖脸的人，一旦开头断难收场。其本人坚信自己正确，对别人所言置若罔闻。而不明真相的人见其言之凿凿很可能信以为真。我可不愿意与这种人为邻。

我有一个美国熟人准备在普林斯顿买一座房子，我半是出于兴趣去看了他还没拿定主意买下来的房子的情况。向远处延伸的环行路两侧，广阔丰饶的绿色田野上排列着一座座房子，住户几乎全是中或中上阶层的白人。草坪修剪得漂漂亮亮整整齐齐，松鼠在树木间蹦蹦跳跳，一派闲适祥和光景。不料这时我蓦然想起安·希尔特娜来。因为希尔特娜就住在“什么什么环行路”边。是啊，即使这样的地方也有住着“莫名其妙的人”的可能性。想到这里，我不由觉出一丝寒意。当然日本也有一定数量“莫名其妙的人”。如此看来，或许可以说美国和日本都彼此彼此。不过假若横竖要住在“莫名其妙的人”附近，那么我宁可选择日本。

美国郊外的普通住宅规模都相当大，足有一两千平方米，前院有平得反正就是平的草坪，有长长的停车道，一般没有围墙。这些郊外住宅大多是各地开发的高级商品住宅——想象成电影《外星人》（E·T）或《鬼驱人》（Poltergeist）中出现的住宅即可——不是原先就有的共同体，因此附近住的什么人根本搞不清楚。甚至可以说是一种黑匣子（black box）。

当然，同日本郊外密密麻麻首尾相连的商品住宅相比，两者在质上有天壤之别。但惟其一家一家占地广阔，也就不难窥知其中荡漾的某种深重的孤独感和隔绝感。空旷的地表上一座孤零零房子，从旁边看上去总给人以空不设防的印象。日本的房子诚然逼仄得让人透不过气，但因此也在感觉上有了“众人中的一人”那样的匿名性。而美国恰恰相反，因其宽广而无处可逃，一旦有什么只能硬着头皮迎面接受。刚来美国时我也天真地想：绿色多，房子大，房价又比日本便宜得多，住在这地方多妙！可是过了一年看惯之后，越来越觉得事情要比表面看到的来得麻烦。

另外还有不知邻人在干什么的恐惧感。像希尔特娜那样看上去再普通不过的半老太婆都有可能一大清早就趴在桌上给畅销书作家闷头写威胁信，在巧克力工厂上班形象甚为温和的中年男子没准其实是精神异常的连环杀人恶魔，作为杰出律师深受人尊敬的和蔼可亲的邻居或者是连续抢劫银行的主犯亦未可知。

作为最后例子举出的“貌似杰出律师的银行抢劫犯”不是我凭空捏造，而是附近镇上实有的事例。这名律师同样在中上阶层居住的平和优雅的郊野买了一座漂亮的砖瓦双层小楼，过着雅皮士的生活，所以周围人都以为他必是成功的精英律师无疑。然而实际上他和弟弟一起逐家袭击了宾夕法尼亚的银行，都是持枪抢劫。大概作为本职的律师工作干得不顺手（美国律师竞争对手多，干下去十分艰难），转而干起了这个立时见效的副业。后来他被抢过几次的银行的摄像机揭了老底，一大早警察上门来抓，因拒捕被猎枪一枪打死了。闻得枪声跑来的附近居民听得事由，无不呆若木鸡，半天说不出话来。反正，邻人真正在干什么，谁也弄不明白。

我猜想，这种郊外住宅区式的恶梦，恐怕便是多数美国人内心深处的所思所感。否则，不至于拍摄那么多以郊外住宅为舞台的精神病（psychopathy）影片。总之，自《致命诱惑》、《沉默的羔羊》以来，精神病杀人片便似乎作为一个分类彻底定了型，大同小异的影片一部接一部拍摄出来，完全取代了一个时期特殊摄制的恐怖片热。我也没有一一看完，总之有各种各样的精神病态影片上映。那部《危险第三情》，讲的是一个精神病警察苦苦思恋雅皮士建筑师（库尔特·拉塞尔）的美貌妻子，遂利用职权三番五次闯入其家，看得人毛骨悚然，一开始显得蛮亲切的普通警察渐渐渗出疯意那部分尤其恐怖。《危情羔羊》是布赖恩·德·帕尔马的作品，讲一个女医生的结婚对象其实是多重人格精神病患者、连续拐骗幼儿犯和杀人犯。初看上去是个溺爱孩子的父亲，而人格一换就成了偏执型杀人狂。太太也觉得他有点反常，却怎么也摸不到真相，稀里糊涂被拖入恶梦之中。也是因为约翰·利思戈演技的逼真，这部影片相当令人不快。稍老一点的《与敌共眠》（Sleeping with the Enemy）讲的也是装死逃出近乎精神病的残暴丈夫之魔掌的故事。《恐怖角》（Cape fear）讲的也是被刑满释放的精神病人欺侮得大气不敢出的律师一家的故事。这些电影情节的共同点是：（1）原来都属于中或中上阶层、本应过普通和平生活的人；（2）因某种原因同精神病人打起交道；（3）被逼得走投无路（当然最后基本上奋起反抗杀掉对方）。另外，电影的舞台不是犯罪率居高不下的大城市，而几乎都是一派田园风光的郊外住宅地带。

这种阴森森凄惨惨看后令人不快的精神病影片之所以引起人们的共鸣（因为有共鸣才有人看吧），我想大概是它基本上表现出了如今美国中产阶级某种内心深处的不安。也就是说，只要在郊外买一座可以停两辆汽车的大房子安顿下来人生就算定局，这种往日的美国梦已渐渐行不通了。他们中的大部分人为逃离犯罪增多的大城市而来到郊外，然而并未因此从恐怖中解脱出来。郊外存在郊外的恐怖。这些普通人多数被催着还住房贷款、害怕被临时解雇、为看不到尽头的经济萧条而惴惴不安、对美国理想的变质感到困惑、为教育费和医疗费的暴涨伤脑筋，一种模模糊糊的恐惧感压在他们心头挥之不去：万一自己也像抢劫银行的律师一样有什么不测风云或一步踩空……我觉得，“只要按部就班做下去就能成功”这样的乐观性——中产阶级的最大法宝——正在逐渐失去其效力和说服力。

归根结底，潜伏在这种看上去一派田园风光的地方的恐怖，正是斯蒂芬·金多少年来所不断描写的。形成其厚实的读者层的，也是住在看上去一派田园风光的地方的普通市民。而威胁金氏私生活的轻度精神病患者、“莫名其妙的人”也来自同样看上去一派田园风光的地方。

我住处附近的国道旁边倒是有一条堂而皇之的商业街，而实际上可谓门可罗雀。过去高档商品专卖店比比皆是，但都由于经济不景气而难以为继，这一年半时间里活像发梳掉齿似的一家接一家关门大吉。我刚来的时候，有拉夫·劳伦，有卡夏尔，有高级音响器材店，而现在什么也没有，俨然幽灵街道，橱窗也全都成了蝉壳，玻璃上贴着“近日开业”的字样。四下不见人影，唯独喷水池喷出的水随风摇曳，满目凄凉，甚至比凄凉还甚。本来就是为招揽顾客而人工建造起来的，一旦没了人，就连坐落在那里的建筑物本身一瞬间都似乎岌岌可危了。若是斯蒂芬·金，想必又会把这个写进恐怖小说吧。

后日附记

这门可罗雀的步行商业街最近改变经营方针，走厂家直销路线，引进好几家廉价商品大批量销售店，奇迹般地起死回生了。

在报纸上看到一条报道，说斯蒂芬·金在一个晚会上同谭恩美和摇滚乐队搭档唱歌。太太塔薇塔·金后来出版了小说。

安·希尔特娜和埃里克·基恩那以后再无消息。

谁杀死了爵士乐

来美国生活之后，逛旧唱片店物色旧爵士乐唱片成了一大乐趣，甚至可以说成了最主要的娱乐。有时自己也想：好容易在外国居住一趟，应该设法享受更有意义更有动感的人生才是……

我喜欢爵士乐，十三岁就开始搜集唱片，直到现在。不过并非所谓收藏家。一来生性没有那么不屈不挠，二来不乐意对不外乎是“东西”的对象物挥金如土（总之就是小气），所以怎么也成不了收藏家。但有一点——也许可以说是唯一的执着——若是四十年代至六十年代的旧爵士乐，我认为即使音质多少有问题也最好用过去的唱片（不是CD）来听。所以，我想尽可能把很早以前已经报废的原版片搜集齐全。而在日本搜集，以我的基准衡量未免花钱过多。这么着，不知不觉之间停止了对爵士乐唱片的搜集。若有实在想听的，就用新出的CD应付一下。

但在美国，花上五至十美元就能搞到相当不错的。于是嘴里说着这个便宜那个也不贵东买西买的时间里，唱片膨胀起来了。老婆嘟嘟囔囔发牢骚说，再增加可如何得了，日本旧唱片都有四千张了，连放的地方都没有了。但若眼睛碰上，还是会不由自主地伸出手去。

不用说，较之LP（密纹唱片），CD保管起来方便得多，音质也好。用新编的CD听往日常用唱片听的爵士乐，细微处也清晰悦耳，每每为之叹服：噢，用唱片听总听不到位，原来是这样的声音、这样的演奏！不过纵使这样，长时间听下来还是渐渐觉得疲劳了。看来，这东西我一下子适应不了，觉得别扭。原来听起来就好像是在烟雾蒸腾的地下爵士乐俱乐部演奏的曲目，变成CD后听起来顿觉装腔作势，俨然在高雅明净的宾馆大厅里演奏。或者说，唱片有一种无可言喻的氤氲氛围，而变成CD后则氤氲杳然消失，只给人以空落落的凡庸印象。虽然不能说尽皆如此，但往往是这样。世上的事并非只要便利即可——不过这是仅就爵士乐而言，至于古典和摇滚，我已彻底换成了 CD。而这说到底也未尝不是沉溺于乡愁的偏执。

同样称为旧唱片店，实际上也是五花八门，有的分门别类按字母顺序排列得整整齐齐，有的则不管白菜萝卜一股脑儿扔在纸壳箱里，让你“随便找去”。旧书店是意外的好地方，店角悄然摆着唱片，偶尔可以发现绝妙珍品。大概有不少人把书和唱片一起卖掉。

价格各家也相差很多。直截了当地说，价格有等于没有。那边卖三十美元的东西这边三美元就能得到，且屡见不鲜。内容一样而仅仅因为标签颜色不同，价钱就相差两三倍之多。如此细部方面的专门知识同物色旧书一样，需通过多年的研究和经验才能培养出来，和做游戏一个样，最适合用来消磨时间，我所说的“娱乐”就是这个意思。去那些店，这个那个寻找唱片的时间里，三四个小时一忽儿过去了。现在正是世人将唱片转换成 CD 的时期，把以前搜集的唱片“砰”一声统统扔出去的情形自然多了，对我这样的人可谓大好时机。同苦苦寻觅而不得的唱片不期而遇时的欣喜，是其他方面很难得到的。往下的一天便傻乎乎乐不可支了。

在这 CD 全盛时代居然敢倒行逆施收 LP——看来旧唱片店主多数是多少有点古怪的人，顺便同他们聊起来也蛮有意思。在离我家一小时车程的费城一个普通商业区里，有一家品种极为齐全的主要卖爵士乐的旧唱片店。这里价格合理，管理也一丝不苟。店主很年轻，估计也就三十二三岁，可相当偏激，是个铁杆 LP 迷，对着买 CD 的顾客就吼："我讨厌 CD！"我整整买了一堆，付九十美元时我开玩笑说买这么多唱片又要给老婆抱怨了，他应道："你也是的？说实话我也是的，所以才开这么一家旧唱片店。喏，做买卖老婆总不至于抱怨嘛！"道理既像讲得通又似乎讲不通，非同一般。

"不过，买到手，不都是要卖的么？"

"哪里。自己喜欢的就不卖给别人，当作自己的东西拿回家去了。毕竟忍不住么。人生不全都是买卖。"

事后我担心他这样子买卖能否做下去，可他却总是那么喜滋滋的忙来忙去。不管怎么说，能喜滋滋地干活比什么都好。

大学毕业后我经营了七年所谓的爵士乐酒吧，差不多从早到晚都听爵士乐。原来就是为尽可能多听爵士乐才做那个买卖的，因此无论工作多忙多累都一点儿也不觉得苦,只要那里响着爵士乐即可。我也年轻，很多情况下都属于乐天派。我的基本态度是：干自己喜欢的事一般都能干好。而且幸运的是，当时的确干得顺利。总之，我过的是白天爵士乐晚上爵士乐的生活。由于时不时要 Live（现场）演出，年轻的音乐家们经常到酒吧来，工作完了时常和他们一起喝酒聊爵士乐聊到天亮。房间里始终放着爵士乐，大家光是一起谈论爵士乐都很快活。他们当然很穷，我也是背负着巨额债款从早上干到深夜，但我觉得生活中到底有着某种美好的东西。

但碰巧写起小说来了，以后两三年时间里又开爵士乐酒吧又当作家,过着脚踏两只船的生活，这一时期可谓心力交瘁。我已年过三十，酒吧比以前大了（中间搬过一次），写作的量渐渐增多，各种鸡毛蒜皮的小矛盾也多了起来。

为当专业作家而关掉酒吧之后，出于逆反心理，一段时间里可以说几乎不听爵士乐了。脚踏两只船时代的后半期，尽管没有明确意识到，但心情上恐怕已经朝“自己写东西”的方向切实转变过去了。听爵士乐诚然喜欢，但与自己从零开始创造什么相比，毕竟是性质截然不同的东西。一旦体会到创造的喜悦，仅仅以“听”为工作便渐渐变得难以忍受了。可以说，这种类似自我分裂的东西在我身上不断增殖。所以关掉酒吧时就像终于卸去了长期背负的重荷，全身都瘫软了。也就是说，卸掉之后才晓得它的重量。我当时真实的心情是：爵士乐暂且放到一边去好了！酒吧里用的唱片倒是直接拿回来三分之二，但都塞到壁橱深处，只听摇滚或古典音乐。这样的生活持续了好几年。

如此这般，虽然热心听爵士乐听了三十年之久，但就个人经历来说还是不敢轻易自称“我是爵士乐迷”。说爱憎相间未免言过其实，但其中确有一种不能简单以喜欢或厌恶等字眼表达的东西。提起在爵士乐酒吧那种地方度过的岁月，既有愉快的回忆，又有很难说是愉快的回忆。既有愿意想起的事情，又有记忆依稀的事情。种种回忆、感触、空气、矛盾、欣喜、自我厌恶以及谜团搅成了一锅粥，又在爵士乐一词的回响中凝为一体。它们在爵士乐里浸泡得太久太彻底了，已经无法分辨地牢牢粘贴在了那里，而这毕竟令人难受。

老实说，得以单纯地果敢地同过去一刀两断地欣赏爵士乐是最近才有的事。爵士乐酒吧关门已过去了十年，盘根错节的东西终于一点点松懈、消散。十年时间说起来不算短暂，但我掌握或消解各种东西——无论什么——所花的时间要比别人多。

不时有人说来美国听真正的活生生的爵士乐真不错啊，可我实际上几乎没有机会去纽约的爵士乐俱乐部。爵士乐俱乐部的 Live 演出一般开始得很晚，对于我这样早起早睡的人有点勉强。演奏结束后还要花一小时开车回家——想想都心烦，而为此订旅馆也有些小题大做，若问我是否情愿如此去听爵士乐现场演奏，遗憾的是我会回答 NO。去过一次有名的格林尼治村“蓝音符俱乐部”（Blue Note Jazz Club），发生了很多令人不快的事。那里的员工多少有些问题，坐在前排的日本团体游客都因时差睡了过去（我也经历过，从日本来东海岸那段时间最困）。那天晚上演奏的是迪兹·吉莱斯皮（Dizzy Gillespie）[1]的乐队，果然值得一听。票价决不便宜，但演奏值这个价。不过若问我错过听的机会是否后悔，坦率地说，我只能这样回答：“能听自然好，漏听也没什么可后悔的吧。”我在纽约

1 迪兹·吉莱斯皮：美国爵士小号手。

其他爵士乐俱乐部听到的其他音乐家的演奏也大体是这个水准。“不坏/有趣。但错过听的机会也不至于后悔。”

归根结底，遗憾的是爵士乐渐渐不再成其为与当今时代同步的音乐了。说法或许尖刻，可我是这么感觉、这么认为的。假如一九五二年我在美国，想必我无论如何都要去纽约听克里福德·布朗（Clifford Brown）[1]的 Live。一九六零年若在美国，也还是死活必听加进约翰·柯川（John William Coltrane）[2]、“加农炮”艾德利（Cannonball Adderley）[3]和比尔·伊文斯（Bill Evans）[4]的迈尔斯·戴维斯（Miles Devis）[5]六重奏。大概不会说什么远啦麻烦啦困啦空气不好啦等等。

倒也不是说讨厌爵士乐了。有新爵士乐也乐于听，觉得到底是爵士乐好的时候也是蛮多的。可是其中没有深深打动人心的东西，没有此时此刻有什么正在降生的兴奋。对那样的东西、对曾经活在

1 克里福德·布朗：美国著名的爵士小号手。

2 约翰·柯川：美国爵士萨克斯演奏手、作曲家。

3 “加农炮”艾德利：美国中音萨克斯爵士乐手。

4 比尔·伊文斯：美国爵士乐钢琴家。

5 迈尔斯·戴维斯：美国爵士乐演奏家、小号手、作曲家、指挥家。

我火热记忆中的东西，作为我已没有多大兴趣，如此而已。至少兴趣不至于大到为了听它而特意跑去纽约住一晚上。

前几天我去位于普林斯顿的麦卡特剧院听林肯中心爵士管弦乐团的演奏。这是温顿·马萨利斯（Wynton Marsalis）率领的生机勃勃的爵士乐队，这天演奏的清一色是埃林顿[1]乐曲。这支乐队的特色在于由资深老手音乐家和新手音乐家（所谓马萨利斯一派）混合演奏。老手方面有乔·怀尔德（Joe Wilder）、杰里·道吉恩（Jerry Dodgion）、罗兰·汉纳（Roland Hanna）等熟悉的名字。以前在埃林顿乐队唱过的歌手米尔顿·格雷逊（Milt Grayson）也唱了几曲。布里特·伍雷曼（Britt Woodman）等往日在埃林顿乐队干过的音乐家也有几个人参加。

为了再现埃林顿音响，曲目的选择相当考究，编排也极其严谨，结果成功了。并非仅仅是继续演奏埃林顿乐曲的简单尝试，目的似乎是要将埃林顿的音乐世界系统地综合地再现于当代。主奏手的独奏多少有些单薄（尤其是中音提琴和中音萨克斯），要与约翰

1 埃林顿：即“埃林顿公爵”，美国爵士乐钢琴手、作曲家。

尼·霍吉斯（Johnny Hodges）[1]和哈里·卡尼（Harry Carney）相比恐怕是有些苛求。次中音萨克斯和单簧管还过得去。不过温顿·马萨利斯、卢·索罗夫（Lew Soloff）、乔·怀尔德等小号部分（新手、中坚、老手）的确无与伦比。一场久违了的畅快淋漓的演奏。

但听这场演奏时我想的是，对于马萨利斯这代人来说，爵士乐这种音乐大概终究已经成了一种接近传统艺术的东西。温顿·马萨利斯是具有杰出才华的年轻人，并且确实在深入而认真地研究爵士乐。从路易斯·阿姆斯特朗（Louis Armstrong）[2]到卡特·安德森（Cat Anderson）[3]、克里福德·布朗、迈尔斯·戴维斯，对于他来说都是伟大的英雄。而温顿能够将他们的旋律完美地再现给当代。其音色美妙得令人神思恍惚，技艺也精湛到了年轻人所能达到的极限。但不仅于此。他的演奏洋溢着爱心和悲悯之情，那大约是对已然流逝之物以及即将消失之物的悲悯。我个人倒不特别中意温顿·马萨利斯的演奏。温顿·马萨利斯的演奏还没有“非温顿·马

1　约翰尼·霍吉斯：美国中音萨克斯爵士乐手。埃林顿乐队的台柱。

2　路易斯·阿姆斯特朗：美国爵士乐音乐家。

3　卡特·安德森：美国爵士小号乐手。

萨利斯莫属”的真真正正的激情，缺乏让听众感觉出有什么在眼前降生的要素。尽管如此，他的演奏有某种强烈吸引人的东西也是事实。我忽然猜想，那里边说不定潜藏着足以促成爵士乐这种音乐日后发展的可能性。

但是，世上有“攻击马萨利斯一派”的动向。温顿在年轻一代爵士乐迷中间有着无可企及的人气，布兰福德·马萨利斯（Branford Marsalis）成了电视热门节目“Tonight Show（今夜秀）”的音乐总监兼正规乐队指挥。在当今爵士乐界，两人似乎正在成为拥有六十年代肯尼迪兄弟那样影响力的存在，即使有不少人对此心生不快也绝不奇怪。前几天《纽约时报》周日版刊登了钢琴手凯斯·杰瑞（Keith Jarrett）的来稿，批评了马萨利斯一派（尽管没指名道姓，但一眼即可看出他是针对马萨利斯兄弟的）。文章主要说最近年轻的黑人音乐家们演奏的爵士乐的确很好，可是他们的创造性又在哪里呢！

不过我是这样想的，马萨利斯兄弟考虑的创造性和凯斯·杰瑞考虑的创造性，名称固然相同，而实际上大概类似在截然不同的地方呼吸不同的空气生活着的同名异人。对于凯斯·杰瑞等六十年代的人来说，音乐是通过斗争得来的。创造行为之于他们，大多情况下是同前辈保守演奏家们不断进行的战斗。那是非胜即负非否定即被否定的激战，于中产生了他所说的创造性。老实说，我虽然对凯斯·杰瑞这个演奏家的“创造性”评价不怎么高，但还是毫不犹豫地承认他们具有对“创造性”的渴求。

可是对于马萨利斯这一代人来说，爵士乐早已不是应予反抗的东西，而成了为之感动为之赞叹并从中学取什么的音乐。对于他们，在某种意义上那是一度关闭的秘门；对于他们，那好比装满精美古物的百宝箱。他们为发现它而欢欣鼓舞，而无比兴奋。在某种意义上，那是对于“年轻的黑人音乐家”的寻根之旅，是相应的时髦行为。他们对于爵士乐的观念和构想本身同凯斯·杰瑞的一代迥然有别。我认为凯斯·杰瑞还是应该认识其根本性区别。即使叫马萨利斯们反抗和战斗，他们也只能耸起肩说：“反抗？你到底叫我们反抗什么呢？”反过来说，在马萨利斯他们眼里，凯斯那一代人的音乐并没有高明到足以令他们反抗的地步，而这也让凯斯深感焦躁。

今天我也如此想着在旧唱片店里转来转去，不知道收有巴德·

尚克（Bud Shank）的约翰·格拉斯（John Graas）众赞歌唱片是否有花七美元的价值，为此深感困惑。七美元是一条相当难以逾越的线。结果没买就回来了，回到家后仍在困惑，我到底怎么了？

后日附记

最近去波士顿的爵士乐俱乐部听了汤米·弗莱纳根（Tommy Flanagan）三重奏。老实说，这天的演奏还算过得去。不坏，但没什么了不起之处。也许是情绪不甚投入的关系。不过，假如可以向汤米·弗莱纳根点什么曲子的话，我还是想点《巴巴多斯》（Barbados）和《灾星下出生的恋人们》（The Stars Crossed Lovers）。正怔怔地想着，不料最后竟真的混合演奏了这两支乐曲，我于是目瞪口呆。或许是因为心情上有相通之处，派伯·亚当斯（Pepper Adams）和汤米·弗莱纳根两人合奏的《灾星下出生的恋人们》长期以来是我爱听的唱片。

提起派伯·亚当斯，关于这个人近来也有一桩不可思议的事。我刚要进一家旧唱片店时，一个过路的年轻男子向我问时间，我回答"差十分四点（It's ten to four）"，然后走进唱片店。进去最先看到的唱片即是派伯·亚当斯"TEN TO FOUR AT 5 SPOT"崭新崭新的首刻版（十美元）。我当然二话没说买了下来，尽管日本也有这张唱片。

此刻我在想，说不定这世上什么地方有一个——倒不是“小伙计之神”[1]——“爵士乐之神”。

1 小伙计之神：源于日本作家志贺直哉的同名短篇小说。小说描写一个贵族院议员设法招待一个贫穷的小伙计饱吃一顿寿司，于是被小伙计视为“神”。

伯克利归来路上

十一月初我去了位于伯克利的加利福尼亚州立大学，大约四个星期。讲演，主持每周一次的讨论会。我教别人是有生以来破天荒头一次，而且用的是拙劣无比的英语，不用说，累得一塌糊涂。这还不算，又要见缝插针地去西雅图的华盛顿州立大学讲课或去斯坦福大学讲演（这个用日语，还算轻松）。此外又是欢迎会又是午餐会，折腾得晕头转向。不过一个月时间里能和学生们好好促膝交谈，对我是一次非常开心的体验，也是有意义的经历。

从东海岸来到西海岸，虽说同是大学、同是大学生，但我再次感到差别相当之大。尤其是普林斯顿大学和加利福尼亚州立大学，或许可以说是两个极端，总之大学气氛有天壤之别。普林斯顿是所谓老牌精英私立大学，学费也高，学生以东部上层白人家庭子弟为主，校园内人口密度极低。相比之下，加利福尼亚州立大学是十足的平民化，种族方面五色杂陈，政治上向来以激进闻名。就学校周边环境来说，伯克利那边也热闹非凡，嬉皮士、裸体者、流浪汉等触目皆是，校内甚至有娱乐中心。与此相比，普林斯顿委实平和安静之至，我住了差不多两年，流浪汉什么的一次——哪怕一次——都没看见过。就班上气氛而言，相对说来，伯克利活跃而普林斯顿稳重。教授方面，普林斯顿大体西装革履，而伯克利甚至有穿短裤者。差异就是如此明显。

用汽车打比方，普林斯顿大学是古典优雅的宾利（Bentley），而伯克利则是明亮欢快的杂牌美国车。相互之间当然不对脾性，加利福尼亚人光是听听普林斯顿这个名字就往往会皱起眉头。我一说自己住在普林斯顿，对方就说：普林斯顿？何苦去那么古板憋屈的地方？什么，住了快两年了？得得，你也变态得可以！在晚会等场合，若话题转到普林斯顿大学，加利福尼亚人就会像京都人讲东京坏话一样，争先恐后地横挑鼻子竖挑眼，什么“研究生时代我在普林斯顿待了一年，那可是我人生中最惨的一年啊”，什么“我因办事在那地方住了一个星期，感觉上好像住了半年”，如此不一而足。对他们来说，普林斯顿简直成了道貌岸然的权威主义代名词。反过来，若普林斯顿人迁到伯克利，也无论如何都忍受不了伯克利的气氛，以致又返回普林斯顿——这样的例子也是有的。

伯克利的大学那种十分自由宽松的氛围我也中意得很，但若问我想不想迁来居住，那又另当别论。说憋屈普林斯顿或许真的憋屈，或许没有加利福尼亚的阳光，可是若把聚精会神写小说放在第一位，那么未尝不是理想的居住地。不分心，多余的杂音一概没有。伯克利诚然是好玩的城市，但对于现在的我来说有些过于热闹。可能是年纪的关系，眼下想在安安静静的地方自由自在地工作和生活。

这个先说到这里。下面是我在华盛顿州立大学的班上感觉到的：西海岸的大学对日本文学研究的热情和水平之高到底有令人刮目相看之处。和东部大学不同，这里亚洲学生多，生活水平方面的目光明显投向太平洋彼岸。更主要的是学习积极性高，充满活力。很多学生关心日本的现代文学，碰见过不少打算翻译日本新小说的学生。我切身感受到以前以古典和近代为中心的日本文学研究在近几年时间里发生了相当大的质的变化，已经不止是对异国情调感兴趣的问题了，往下的问题是我们日本作家能够在多大程度上提供

“现货”。

时下美国人愿意倾听来自日本的新的声音，我想这对我们来说是前所未有的大好机会，至于日本文学能否像拉美文学那样具有取得突破性进展的可能性，这多少是个疑问。不过我想某种程度的突破还是可以做到的，日本文学也将因此而自动焕发生机。用日语写小说而再次将日语相对化、身为日本人而再次将日本人性相对化——我想这将成为将来的关键性工作。

再接上一篇谈一下爵士乐。十一月末我从伯克利返回纽瓦克机场时，天气非常糟糕。若是以往，我会在机场租一辆车开回家去，但这时天已黑了，雨“哗哗”地下个不停，又累，没心绪自己开车，于是请机场服务台外叫一辆机场巴士。因为机场里的出租车司机在车费上敲竹杠，为了不吃亏最好叫机场巴士。虽说是机场巴士，其实并非你想象的那种大家伙，不过是焦头烂额的别克罢了，看样子怕已跑了十五六年。司机是位高个子黑人老伯，相貌颇像晚年的戴克斯特 · 戈登[1] (Dexter Gordon) 。

1　戴克斯特·戈登：美国爵士乐次中音萨克斯演奏手。

“今天感恩节还出车，够受的吧？”我搭话道。“那还用说！今天我可是一点儿都不打算干的。感恩节夜晚我也想放松放松。可是没有人，硬是给赶来了。但愿你是最后一位客人。天气又糟，真想回家好好休息。”感恩节对美国人来说相当于日本的新年，是一年一度全家团圆、静静地过节的重要日子，而这样的夜晚还不得不劳作，说可怜也挺可怜的。服务台负责预约机场巴士的那个黑人女孩满满地堆了一脸的不快，我搭话也不怎么开口。这样的日子得多给司机点小费才行。不过这个人嘴上是这么讲，但牢骚话里没带多少黯淡的牢骚腔，听起来还好。一个劲儿发牢骚也没用，只是有人问到才发两句——无非这个程度。这位老伯以艾尔·西伯勒（Al Hibber）那种深厚的男中音蛮惬意地缓缓地说着话。有这种感觉的人适合驾驶较为大方豪爽的老型别克，很难想象他这样的人会开什么本田·雅阁。

“现在一号公路上车少，走这条路好了。上高速要花一元四十五美分。你也是少花钱好吧？”他说。看来人很好心。

天南海北闲聊的时间里，得知他住在新泽西州北部一个叫蒙特克莱尔（Montclair）的镇子。蒙特克莱尔我也去过，在镇上一所州立大专做过讲演。一座令人愉快的小镇。

“我说，那里好像有一间很不错的爵士乐俱乐部，是叫‘小号’吧？”

“对对，是‘小号’。唔，一间蛮好的爵士乐俱乐部。”他说，“你喜欢爵士乐？”

他把收音机调到爵士乐台。正在播放次中音萨克斯叙事曲独奏。“好像是韦恩·肖特（Wayne Shorter）。”我说。“是啊。”他点下头。我又说：“钢琴是赫比·汉考克（Herbie Hancock）。”司机应道：“唔，你耳朵好厉害的嘛，唔。”“唔”是他的口头禅。

接下去我们一直谈爵士乐。他出生于纽约，五十五六岁光景，爵士乐迷。“吹中音萨克斯的杰基·麦克利恩（Jackie McLean）是我的私人朋友，住在附近。唔，那家伙是个不错的乐手。如今在哈特福德大学教课，好像比自己演奏还忙。他有个儿子，也是个爵士乐手。”

“勒内·麦克利恩（René McLean）。”

“对，勒内。勒内出生时候的事我记得清清楚楚。那个调皮鬼也出息成一把手了！唔，岁月真快啊！”

他清晰记得五十年代纽约的爵士乐演出场景——去听蒙克[1]与迈尔斯·戴维斯共同演奏的音乐会，不料演奏当中两人发生了口角，迈尔斯跳下台扬长而去。

“蒙克固然不地道，可迈尔斯这家伙也够古怪的，唔。不过他很了不起啊！兰伯特、亨德里克斯和罗斯（Lambert、Hendricks & Ross）把那件事编成歌唱来着。晓得《那又怎样》（So What）那首歌吧？他们把歌词填进去唱道：‘迈尔斯下台走了，那又怎样’。”他实际唱了起来，“兰伯特、亨德里克斯和罗斯的确是最佳歌唱搭档，精彩极了。亨德里克斯和罗斯至今还在唱，但戴夫·兰伯特死了，在高速公路换爆裂的车胎时给车撞死的。有才华的家伙，唔，死得可惜。是哪条高速公路来着？像是宾夕法尼亚收费高速。不，死在宾夕法尼亚收费高速的是布劳尼……？”

戴夫·兰伯特死在95号公路，康涅狄格州韦斯特波特附近。我之所以记得这么详细，是因为正好看了比尔·克劳（Bill Crow）写的《从写园到百老汇》那本当时出版的备忘录。比尔·克劳是西雅

1 蒙克：美国爵士乐钢琴手、作曲家。

图出身的有教养的白人低音贝斯手，五十年代到六十年代在斯坦·盖茨[1] (Stan Cetz) 和盖瑞·穆里根[2]（Gerry Mulligan)的乐队。这本书文笔非常好，作为读物也很有意思。读起来一时不胜感慨：五六十年代身为爵士乐手是何等美妙的事情！克劳同兰伯特有私交，详细记述了那场惨剧。兰伯特看见一个人正在为爆胎发愁，便特意停下车帮他换轮胎，不幸却夹在越线驶来的卡车与小汽车之间死了。

不过我并未说出“那是95号公路”。又不是搞一问一答节目，还是老老实实听老伯回忆往事为好。不久，爵士乐台的电波不容易进来了，他拧动调谐钮换台。詹姆斯·布朗（James Brown）在此唱歌：《爸爸的新提包》（Papa's Got a Brand New Bag)。

“知道谁唱的？”

“詹姆斯·布朗。”我当即回答。

“喜欢？”

“年轻时常听，近来不大有机会听了。不过詹姆斯·布朗好像进过一段时间监狱吧？”

1 斯坦·盖茨：美国爵士乐中音萨克斯演奏手。

2 穆里根：美国爵士乐低音萨克斯演奏手。

“唔，到底关了两年。最近总算出来了。还在唱。”他稍稍停顿一下，“我在想，日本人还真能理解我们黑人的音乐，跟欧洲人一样。”

“我想是的。所以有很多爵士乐手离开美国去日本和欧洲。”

“是啊。肯尼·克拉克（Kenny Clark）、巴德·鲍威尔（Bud Powel）、戴克斯特·戈登，都离开了美国。美国人对爵士乐根本不怀有敬意。你可知道钢琴手巴里·哈里斯（Barry Harris）？”

“知道。不错的钢琴手。”

“那也是我的朋友。那家伙说过：去日本受到王公贵族一般的待遇。走在路上，全都围上来要求签名。那家伙大为吃惊，唔。又吃惊又感激。可巴里走在纽约街头，谁都不屑一顾。人们只是榨取他、排挤他。跟你说，在这个国家，我们像狗一样被人对待。唔。”

在伯克利，闲着的时候我读了迈尔斯·戴维斯的自传《迈尔斯》。在书里，迈尔斯也痛切地大声控诉了自己在白人优先的社会受到怎样的剥削和歧视。并且，迈尔斯、明格斯（Charles Mingus）和麦斯·罗区（Max Roach）等当时的优秀爵士乐手都对种族歧视进行了激烈反抗。他们处于不得不反抗的境地。在社会体制本身不包容他们的世界里，他们必须自己维护自己和深化自己的音乐。

我认为这本书——或者不如说唯独这本书——真的只能看英文原著。若译成日语，哪怕译得再好，原文的气息也难免丢失三四成。书是一位黑人作家差不多完全依照迈尔斯口述写出来的，笔调百分之百带有“爵士味儿”，喜怒哀乐的点点滴滴就好像急促地从他双手间落下来，落在我们的胸口。总之是一本有看头的书。

外国人写的传记或自述为什么就这么引人入胜呢？读起来就放不下的小说近来在美国也很罕见，但读起来就放不下的传记则比比皆是。这么着，最近我暂且放下小说，集中读了几本传记，正在读的是罗特·莲娜（Lotte Lenya）的传记。

但是，当黑人司机以沉静的语调向我说“跟你说在这个国家我们像狗一样被人对待”的时候，伴随着他那沉静的语调，一种与读迈尔斯的书的时候有所不同的感触在我心头涌起。大声疾呼的人另当别论，而普通黑人很难向我这样的人说这种话。大概觉得说也没有用，况且也不可能短时间内三言两语表达清楚。或者仅仅因为不想说也未可知。可是这位老伯一直跟我谈爵士乐，最后还自言自语似的道出这样一句话来，而且就此打住，往下就谈别的了。我不由得想，如果他不晓得我真的喜欢爵士乐，就不至于说起这个。

这位机场巴士司机是个只吃健康食品、每星期去体育馆认真锻炼身体的相当新潮的老伯，哪一方面都博学多识。我想，哪个国家的出租车司机都知道很多东西。想必是天天听广播或跟各种各样的客人聊天的关系。

“我看日本人是优秀国民。干什么都热心，都认真负责。”他说，“前些天有人在电视访谈节目里说日本人的看书量多得美国人没法比。日本人的确经常看书，研究也透彻。美国人写书，但写出来后看的人不多。日本人拿来看，而且比美国人理解得好，唔。”

我很想说事情没那么简单，日本人也正正经经写书，连我也是写书的。但想了想，觉得老伯说的也有部分道理。我们无疑是善于拿来什么的人种，拿来的方式也在长达几千年的时间里进化得极为得体和洗炼。不管怎么说这都是事实。即使就爵士乐来说，归根结底那也是老伯眼中的“我们的音乐”。“写书的”是他们。就算我知道戴夫 · 兰伯特死在康涅狄格的 95 号公路，那也不过是鸡毛蒜皮的知识罢了。从简单的一问一答这个角度看，日本的爵士乐研究水准也许高得让美国无法相比，并且这样的研究在某一方面也是重要的。不过若让这位老伯来说，不外乎“是够厉害的，但那是我们的音乐”。而这样一来，事情也就一下子结束了，轮到我们“唔”一声后永远陷入沉默。

说句题外话。我在伯克利一家T恤专卖店里发现了写有如此字样的T恤——“去洛杉矶吧，你肯定受到罗德尼·金（Rodney King）一样的待遇”。这当然是对司机老伯说的“像狗一样被人对待”的模仿。因为很古怪，便想买一件当礼品，后来忙得忘了，没买就回来了。

后日附记

在蒙特克莱尔的“小号”，我听了休斯敦·派森（Houston Person）和令人怀念的闷乎乎的布鲁斯现场演奏。这些人还宝刀不老，实在让人欣慰。我激动得在唱片上讨了签名回来。相比之下，富于理性的白人爵士乐随着年龄的增长而变得相当沉痛。没有变得沉痛的只有晚年的斯坦·盖茨和盖瑞·穆里根（此人尚健在）等人。

在伯克利逗留期间，我去附近一家爵士乐俱乐部听了古巴的小号手阿图罗·桑多瓦尔（Arturo Sandoval）的演奏。若是古巴音乐专家村上龙[1]，他可能说从古巴的音乐水准来看，桑多瓦尔没什么了不得的。不过从爵士乐的角度听来，还是有不少令人心悦诚服之处的。或许对于现代爵士乐来说，这是一个盲点。我就像看马戏一样，可从肉体上充分感受爵士乐，这种感觉真是久违了。我认为有这个东西一点儿也不坏，遗憾的是温顿·马萨利斯不具有此种杂技性感染力。无论迪兹·吉莱斯皮还是雷德·艾伦（Red Allen）、阿姆斯特朗、法兹·纳瓦罗（Fats Navarro），都具有让听众“嗬嗬”出声的肉体诉求力，而在某种意义上，这正是爵士乐的一个原点，尽管全是这个也未免累人。

近来在波士顿的爵士乐俱乐部听了时下正受欢迎的乔舒亚·雷德曼（Joshua Redman）、帕特·麦西尼（Pat Metheny）四重奏，感觉上就像同十点必须回家的“好人家”女孩约会似的。快乐也算快乐，不过若再次约会，还是没有回家时间限制的、能尽情尽兴的桑多瓦尔先生那样的为好。

1 村上龙：与村上春树齐名的日本作家（1952— ）。1976 年因小说《无限近似于透明的蓝》而一举成名。

黄金分割与丰田·卡罗拉

在美国来到住处打开行李后做的第一件事，就是买车。在这个国家，没车什么也做不成。人们常这样说，千真万确。

在日本住的时候我根本不开车。基本上是在东京生活，没车也几乎感觉不到不便。不过六年前在意大利住的时候，由于生活太不方便了——亦即由于公共交通系统的不完善及其运营的混乱——只好一咬牙考了驾驶执照。在罗马买车，几个月时间开车转遍市区和近郊之后，我深深感到在欧洲有车是何等便利和快活，仅凭有车开这一点，便可使如此崭新的世界展现在眼前。

这样，旅居欧洲期间，一有时间我就开车到处跑。意大利大体跑遍了，还翻过阿尔卑斯山脉去了奥地利和德国。希腊也去了，英国也开着车旅行过了。土耳其转了四个星期。

从欧洲回来，在日本住了一年，时不时也开车出去一下，老实说没多大意思。我主要在东京城内的工作场所和自家之间往返六十公里左右，若问我这样的路程开起来是否快活，回答是算不上有多快活。无非拉着自己在A地点和B地点之间往返而已。什么首都高速公路，简直无聊至极。也开着车做过短途旅行，谈不上多么有趣。为什么没趣呢？大概因为日本这个国家基本上不是用来开车旅行的。所以，开车没什么可欢欣鼓舞，不如说让人着急上火、心烦意乱的时候更多。在日本旅行，我觉得还是乘电气列车好一些，而只能开车去的地方则几乎没有。

来美国又得买车了。开头也说了，这里没车真的生活不了。于是我想先凑合着买一辆算了，以后的事以后再说不迟，就去附近的本田特约经销店买了一辆二手雅阁。也是因为碰巧本田经销店就在附近，将那里的二手车差的一一勾掉，结果选剩下这辆，而决非对购买本田·雅阁怀有极大热情。

可开了一阵子雅阁，我不由心想：难怪这种车在美国成了抢手货！对车的性能等等我绝对不熟悉，只能从感觉上解释——车的大小和车内布局，同美国大城市郊外以及中等城市的生活正相合拍。

既不大又不小，坐上去既不硬又不软，东西能装不少，开长途也轻松自如，最适合用来每天接送孩子上下学、顺路购物、一年两次全家远程休假。再好不过的是开起来不觉肩酸背痛。这种雍容大度，我觉得很适合在美国驾驶，在日本开是怎样的感觉我倒是无由得知。

但是，若问我本田·雅阁开起来是不是很有意思，那也没多大意思。首先我没有孩子，坐车的不是一个人就是两个人，东西也不是买得很多，所以也没有多少拥有“理性市民实用汽车”雅阁的必然性。这样一来，我就希望有一辆开起来更快活的车。再说，这辆二手车毕竟已经跑了六万多英里（十万公里），腿脚有点儿不硬朗，车身全无伤痕，引擎干劲十足，同故障几乎无缘，然而往返波士顿的路上几次拐弯时到底有踉跄之感，我想这怕不成，于是决定买辆新的。

下一辆买的是大众。因为住在美国，一开始想买美国车，遗憾的是设计不合口味，只好作罢。四轮驱动车和小型客货两用车设计倒不差，但中小型普通乘用车以我们的感觉衡量总好像“有点儿那个”。可是毕竟来到了美国，坐日本车也觉得意思不大。因此决定买一辆欧洲车。问题是不能买太显眼的，因为——前面已写过——属于普林斯顿大学的人开昂贵而显眼的车“不是太值得赞赏的行为”。

这段时间去的加利福尼亚的大学，校园里停有不少宝马和保时捷，而在普林斯顿一般见不到。再说我住的教职员住宅地段停的全是生锈的二手卡罗拉、没了保险杠的思域等货色——只要能动弹就行。往里边停进通体闪光的宝马，未免过于显眼，不够得体。

如此思来想去，最后跑去大众特约经销店。若是大众，买新车也不会有人说怪话。就算有人问起开什么车，也可以拍着胸脯说是大众。不正常是有点儿不正常。

我买的车即使在大众里边也是最原始最轻便的。之所以挑它，是因为它又小又快，款式质朴，最为“大众”，绝不引人注目。也是出于同样原因，这种车在美国全然没有人气。毕竟正处于经济萧条当中，想买这个档次车的普通美国人要选更便宜而看上去更漂亮的日本车。况且，“大众”这个名称对于美国人来说好比廉价实用车的代名词，即使把这种车称为赛车怕也引不起别人多大兴趣。车的评价是不错，但卖不动，在路上行驶也很少遇上同样的车。如果遇上，心里就有某种亲切感，很想扬手致意。

由此之故，我得以用相当低的价格买了下来。令人庆幸。经销店一位叫保罗的老伯以一种莫名其妙的自豪方式说："这种车在美国确实卖不出去，但在欧洲口碑很好，甚至把出口美国的那部分要回去在那边卖呢。"连同ABS（防抱死制动系统）和天窗定价两万多一点儿，不能讲价。"明白了，谢谢"——说罢刚要出门回去，保罗把我拉住："等一下等一下，还可以商量商量，看有没有讲价余地嘛！"原来存在相当大的余地。适当降价之后，雅阁的折价又给得较高，看来我是占了便宜。

这么着，自那以来我就一直开这辆大众·科拉多。倒也不是跑得很远，但一年下来，这里那里还是跑了差不多二万公里。开车过程中我算明白了这种车在美国卖不动的原因。总的说来，是在欧洲开起来才舒服的车。作为车，它的讲究程度还差一步，车门车窗的开闭也不算很好，但在高速公路上一路疾驰，就可以深切体会到转向系统和刹车器的非比一般。问题是在美国开起来，老实说它没多大优势了。首先一点，美国高速公路的法定最高时速除了少数例外一般为五十五英里（八十八公里），若超过七十英里（一百二十公里），你还是认为会被抓住的为妥。毕竟新泽西州哪个自治体都出现财政赤字，罚款相当苛刻，到处都有警车在窥伺时机。若三次超速十五英里被抓，就会被没收驾驶执照，所以在即将施展身手的时候就要盯住时速表自行收敛。罚款倒也罢了，而驾照没收了生活要受影响。

其次，说好也罢说不好也罢，美国这个国家不存在阶级。这和欧洲截然不同。欧洲高速公路明显存在着快车和慢车这样的等级，快车即所谓实用车，车越快越能在短时间内风驰电掣地到达目的地。但在美国则几乎行不通，七十英里时速，什么车都开得出这个速度。例如从费城到纽约的 95 号公路，开保时捷也好开丰田 · 卡罗拉也好，所需时间无太大差别。这样一来，较之认认真真计较速度，还是买看上去美观、坐起来舒服、故障少、经济适用的车为好。我想，这大概就是美国市场上欧洲车萎缩而日本车畅销（当然是指现在）的最主要原因吧。

我开过的车型不是很多。以前开过至今仍清楚留在印象中的，也就是梅赛德斯 · 奔驰 190 和丰田 · 卡罗拉两辆。开那两辆车的感触现在仍能真切记起，不可思议。奔驰因工作关系租来开了两个星期。起始很有些失望：什么呀，这就是奔驰？不怎么样嘛！但随着时间的推移，它的妙处开始切切实实感觉到了，两星期后佩服得五体投地。由于对造型和标志略有抵触感，时下没有买的打算。不过除了此类派生部分，的确能获得万人称赞。当时出于比较而驾驶的宝马 320——同样租了两个星期——速度快心情也痛快，如绝世宝剑一样所向披靡，却不能为之折服，而觉得应该还有更厉害的。总之是令人贪得无厌。令人贪得无厌的车，虽然有趣，但另一方面也让人有挫折感。奔驰则无此感，不让人起贪心，又不给人以挫折感。

在这点上丰田 · 卡罗拉也不坏。我租着开了好几次。众所周知，外租车程度差别很大，好的卡罗拉有一种“恰到好处”之感。去租车公司领来钥匙坐进驾驶席一开引擎，感觉就像是已经开了好几年的驾轻就熟的车，几乎没有陌生感。这非常难得。当然性能有比它更好的，但它具有某种堪称终结性的爽快和恬适。

相比之下，就我此前开过的范围而言，近来的美国车很难找到具有如此明确的哲学和存在感的车型，至少现在我未能从中发现明确固有的理念之类的东西。当然，我只乘坐过有限的几种车型，不能一口断定。

这样，若将奔驰和卡罗拉这两种堪称德国和日本的里程碑的车摆在一起出售，问普通美国人选哪一辆，我看大多数人将出于现实原因而选购丰田·卡罗拉。有钱人想必要奔驰，但那个阶层从整体看来无疑占少数。

前几天看报纸，看到采访宝马董事长埃伯哈特·冯·库恩海姆（Eberhard von Kuenheim）的报道。由于美国的不景气和日本车的咄咄逼人特别是对高档车市场的快速进击，宝马在北美的销量大幅下滑，董事长对此怀有相当大的危机感，所以怎么也掩饰不住对日本车的反感。“日本的高档车徒有其名，说到底不就是‘精心打扮的大卡罗拉’吗？以饭菜来比方，无非比快餐强一点点嘛！我们的车结构完全不同，传统不同，风格不同。”董事长这样振振有词道。或许真是那样，但问题是美国人偏偏中意这种“精心打扮的大卡罗拉”，其原因我猜想是因为不肩酸背痛。不过先不说这个，访谈中有这样一段颇为有趣的发言：

“说起日本车，我们（比他们）拥有更大的优点，我们为此自豪。那便是：我们有背景（background）。两三千年历史的源头是希腊、是罗马、是文艺复兴。所有款式都是欧洲创造的。看一眼希腊的神殿好了！那就是所谓黄金分割。请你注意平面和款式的结合，例如法国的时装、意大利的高档男士西服。这就是所谓价值，而拥有这种价值的是我们。为什么呢？因为彻底掌握这些必须要有传统，而那是长达几个世纪教育的结果。”

我当然认为宝马是好车，但库恩海姆的发言基础上有失稳妥，细部则有若干错误。例如所谓两三千年历史的源头是希腊和罗马就未免言过其实。在世界历史上，欧洲明显取得主导权至多是产业革命以后的事。设计专业我是不大懂，但我不认为黄金分割这东西有那样的绝对价值。何况完善教育制度的并不限于欧洲。听了库恩海姆董事长的谈话，觉得欧美以外的国家或白种人以外的人仿佛都成了既无传统又没教养的野蛮国家、野蛮人。听到这种肺腑之言，我觉得难怪现在德国新纳粹抬头了。不光我，连美国人谈及这种黄祸论式的言论都好像有所顾忌。一个国家里有形形色色的种族和文明而力图友好相处——从至少表面上如此的美国人的感觉来说，这位宝马董事长的傲慢发言恐怕也是很难被接受的。不错，发明汽车的是欧洲人，因而在造型方面他们也确有一日之长，董事长“说白了，日本车是仿制品”的言外之意我也完全理解，并认为在某种意义上是正确的，然而其中反映的某种不宽容的挑剔和鲜明的阶级意识却是和美国风习明显不同的东西。我开的大众尽管不是什么了不得的车，但在美国开起来，还是蓦然间觉得在生活感觉与驾驶感觉之间似乎隔了一层不适——总好像“有点不对头”。

如此想来，虽被人家说日本车没有原创性、哲学和喜悦，但日本汽车生产厂家正在通过自下而上地层层堆积“精心打扮的大卡罗拉”式的东西，一点点创出了迄今没有的新理念——能够同梅赛德斯·奔驰式理念分庭抗礼的理念，我甚至有这样的感觉。不过，这种新价值基准居然从开车无甚乐趣的日本这块土壤中生长出来，说不可思议也算是不可思议。这么说，莫非世界以后将变成全球性枯燥无味的场所不成？或者反过来说唯其世界正在变成枯燥无味的场所，日本式的东西才能获得世界性好评？

对了，我买车的那家特约经销店原先经销大众和标致，第二次去的时候改销大众和马自达了。因为标致无法忍受销量的每况愈下，决定撤出北美市场。两个月后再去时，那里已成为马自达专销店。原因虽不得其详，但我猜想恐怕是因为大众销量不够理想的缘故。卖车给我的保罗正在窗前一个劲地擦马自达 RX-7，看见我就说：“喂，明年科拉多上 V6 新引擎了。车体一样，引擎变了，这个快！”这种事当然已与他无关，但他的神情总好像对大众恋恋不舍似的。

“够了，现在这个就足够了。”我说，“就算再快，新泽西也开不出速度。”

“那倒是，你说的对，那个就足够了。”他说。

以前每次经过那家经销店，我都喜欢斜眼扫一下摆在那里的标致和大众新款车，而现在一字排开的是早已熟悉的马自达 Familia、MX3、 Miata 以及 MPV。我倒不是对马自达车有什么反感，不过每次目睹这番新景象，我就不由陷入沉思：难道这就是新理念的化身？不过，标致 405MI16 的确很漂亮。

后日附记

不知何故，大众科拉多在马萨诸塞州卖得不错，波士顿市内时常能见到。看来销售情况也是因地而异的。前几天看报纸得知，原来宝马在美国以故障多而出名。这在日本很难设想。对此，宝马据理反驳道：“本公司汽车之所以在美国故障多，不是因为车有问题，问题在于美国人的驾驶技术和驾驶态度。”关于美国人的驾驶技术和驾驶态度哪里不好自有相当详尽的例证，可惜我忘了。不过这家公司也真够可以的，丰田和本田都不大敢说出这种话来。

在美国开车的乐趣之一，是时时可以看到贴在前面汽车的保险杠上的荒诞不经的一两行字。试举最近看到的三例：

(1) This is my Toy！真的是滑稽！

(2) “此车经常因幻觉急刹车”——此乃对邮件车和校车所贴注意急刹车字样的模仿，但一瞬间会令人猛吃一惊。

(3) I’d cheat on Hillary，too.“假如希拉里是我老婆，我也在外面胡来。”

关于精力旺盛的女人们的考察

同美国人相识后天南海北聊天当中，十之八九——即使达不到十分之十——都要问这么几点：

（1） 在美国生活感觉如何？——很好很好。

（2） 将来不打算用英语写小说？——NO. 写不出来。

（3） 太太做什么？

主要是以上三问。对方倘若是女性，基本可以保证必有第三问。但给予简洁而正确的回答并不容易。这是因为，我的太太并没有为社会“做什么”。所以，最初我就直说“啊什么也没做仅仅是家庭主妇”，可是看到对方听后露出的硬板板的表情，我渐渐明白这里期待的不是这样的回答。于是我转而回答得长些耐心些：

“首先，她要做我私人编辑兼秘书那样的工作，看我写的文章并且校对，发表感想，加以整理。接电话（我一般不接电话），写回信。在美国也做同一种工作，因此还去学校学英语。”

这已是我相当诚实而准确的情况介绍了，若在日本，百分之九十的人想必都表示理解，道一声“原来是这样”。然而这里的人没那么简单，多数不予理解，往往等待着下文，脸上好像在说：不止这些吧？此外还做别的什么吧？说穿了，她们（做出这种脸色的几乎全是女人，姑且让我使用她们这个代名词）认为仅仅这样，不等于从属性地给丈夫当助手了！即便我解释说：“如果她不做这些，我就无法集中精力工作，所以对我帮助很大。有的部分接近于协同作业。”她们也还是报以这样的脸色：哼，千说万说，说到底书皮上写的还不是你一个人的名字！那么说的确也是事实，我无从反驳。

万般无奈，我使出了最后一手，告诉对方“实际上她在搞摄影”。旅居欧洲期间，我的太太在我写游记时担任现场摄影师那样的角色，后来被人看到，出过一本不大的摄影集——我把这点端了出来。其实她本人嫌照相机和替换镜头什么的又多又重，加之懒得一一考虑胶卷的感光度啦焦距啦这个那个啦，时下已不再照相了，“想利利索索自由自在旅行”。当然，这些我瞒下了没说。

但不管怎样，熬到我端出摄影这个地步，她们好歹表示理解了，或者说总算放下心来了。“这倒的确是一件好事，往后你俩也这么一起工作好了。”如此说罢，才莞尔一笑。在美国自我介绍实在费力，那里有一个“理想答案”，若不准确地在那上面着陆，就不能取得理解。反过来，一旦恰到好处嵌入所期待的版式，一般的事情就会网开一面。如此情形体验过几次之后，我切实感到美国这个国家虽然标榜是自由国度，可还是有着不无僵硬的框框（原则），相比之下，欧洲社会不管怎么说——说老奸巨猾也好——终究具有圆融无碍的柔软性。当然，这种倾向也可能在美国东部知识阶层中表现得尤其明显。

例如，我如果说：“我太太来美国后对流浪汉（homeless）问题发生兴趣，每天在流浪汉供食中心当义工，还每星期去两次希伯来语学习班，准备将来把希伯来文学介绍到日本去。”众人就会大为理解，说：“那太好了。你必须为有这样的太太感到自豪。”（对于帮助流浪汉和学习希伯来文学，我当然没有任何异议，同样认为那是很好的事……但这终究是个例子。）在我的印象中，美国女人好像都能明确说出自己在做什么什么事，都备有一两个任何人听来大体上都会点头称是的那种具体的什么，我从个人角度称之为 PC（Politically Correct，政治正确）标志（token）。

以她们的眼光看，我应该雇别人当秘书，我工作上的事交给秘书办，而我的太太应该从事有助于增加履历的工作或某种自发自觉自愿性质的志愿者服务队那样的事。只有这样，女性才能摆脱丈夫的阴影，获得精神自立。

尽管我未尝不觉得这样的工作方式有些像 bucket relay（传水桶救火），但若说是正论倒的确算一种正论。如果这样能使女性幸福，那么我对她们以如此形式自立下去没有任何意见。但另一方面，人各有自己的情况，也大可不必全世界所有女性都活成一个模式。尤其我这人生活中始终贯彻“自己是自己他人是他人”的想法，若如此这般变得千篇一律，便不能不多少生出疑问：事情真是这个样子的？例如，倘我太太提出她要认认真真搞摄影（或者想研究流浪汉问题抑或学希伯来语），而不再为我帮忙，提出“我的人生是我的人生，我并非为他人服务而降生的，你自己的事自己一个人干，我干我想干的事”，那么我当然不会反对。作为结果，我势必自己处理各种各样的日常杂务，为此花费时间，并为没人校对自己的文章伤脑筋，但最终我想一个人还是可以折腾下去的。可是时下她并没有这样的表示，我也就姑且得以继续现在这种形式的生活。如果说这样不对，那或许真的不对。不过，倒不是我翻脸不认账——到底谁的人生是对的呢？有谁能拍着胸膛一口咬定别人的人生对不对呢？

我和太太是大学时认识的，还是学生时结的婚。毕业出来后东借西借开了一家能听爵士乐的小店。那是七十年代初的事。那时世间还多少残留着“去公司上班等于堕落”那种“全共斗”[1]式的或者反文化（counterculture）式的气氛。我们都认为男女、夫妇这东西基本上是对等的，应该基本对等地劳动。所以，我们大学毕业后没去公司上班，两人设法筹借了一笔钱开店谋生。不妨说，当时我们过的算是较为激进的生活。

店一连开了七年，七年时间里我们的角色平等得近乎完美。工作时间大体相同，工作内容大体相同，家务双方承担，收入当然也平分秋色。但后来我写起了小说，不久横竖想当全职作家，店也就

1 “全共斗”：1968—1969 年日本的学生运动组织，是当时日本全国大学生斗争的主体。

关门大吉了。原打算集中几年时间写东西，生活困难了重操旧业不迟，所幸书卖了出去，我得以成为专业作家。回想起来，店关门的时候，作为作家的收入还比不上开店的效益。但不管怎样，十二年时间里我们基本上是靠我一个人的收入（稿酬和版税）活下来的，同开店时相比，可谓一百八十度大转弯。

刚开始那阵子，我家太太时不时抱怨说，这样只靠你的收入吃饭是不是对头？经她一说，我也觉得不无道理，可我又这样思忖——归根结底这是人生的机遇，即使一不小心发生了完全相反的情况，怕也没什么奇怪。如果这样考虑，这大概就属于和男女性别无关的问题了。

有时我也设想，假如我和她彻底换个位置会如何呢？由她当职业作家，两人可以靠她的收入生活（即无需我劳动），我也不特想外出做工，只管在家里料理杂务，为她校阅原稿，算是给她当秘书——果真如此会怎么样呢？英语里把这样的假定叫做“Put Yourself in My Shoes”（把你的脚放在我鞋里试试）[1]。

1 美国小说家雷蒙德·卡佛的短篇小说篇名。

若真把脚伸进那样的鞋中，我想自己大概会一边为她写作帮忙，一边不声不响做点自己想做的事。不管别人承不承认，我也会出于兴趣搞点翻译什么的。就算有人不时说什么“娶一个能赚钱的太太真不错啊”那样不中听的话，我也未必耿耿于怀，而基本上会以自己的步调自得其乐生活下去。当然这终究是假定，不能断言一定如此，不过我大体上是这样的性格。

但若我家太太果真作为小说家取得成功，而我当她的秘书兼编辑，同时像约翰·列农那样做家务养儿女，那么美国妇女听了想必笑逐颜开，给我以高度评价。可实际情况与此相反，她们就不给我好脸色看了。只是对换了一下男女位置，价值评估就能发生如此大的变化。

来美国生活起来，令人佩服的就是上述对男女平等主义（feminism）的强烈关注，或者不如说男女平等这一视点早已牢牢植根于生活之中。比如用英语交谈时，一不小心把 anyone（泛指的“人”）换成 he（他），必定有人提醒。这的确是我的疏忽，以后一定注意。但我试问何以把国家和船舶说成 she（她）呢，对方回答“大概不久会全部改成 it（它）的吧”。言之有理。spokesman（“发言人”，带有男性色彩）改成 spokesperson（中性色彩），chairman（“主席”，带有男性色彩）变成 chairperson（中性色彩）——这类事情已经成为常识。然而，康涅狄格州一位叫 Goodman（“好人”，带有男性色彩）的主妇改名为 Goodperson（中性色彩）就未免有点走火入魔了，事情总不宜弄到这个地步，虽说是个别现象。当然喽，改名也好不改名也好，终究是个人自由，别人不应说三道四。

大学的文学研究方面，男女平等主义也方兴未艾。无论哪所大学，“女性文学研究”和“基于男女平等观点的文学批评”之类的讲座都深受学生（无论男女）欢迎。我搞小说翻译（把英语译成日语），在众人面前列举我翻译的作家名字（雷蒙德·卡佛、蒂姆·奥布莱恩、司各特·菲茨杰拉德、约翰·欧文、杜鲁门·卡波蒂……）时，必有在座的女性举起手来，劈头盖脑地问我：“你现在举出的作家不都是男的吗？是不是有意这样？干嘛不想翻译女作家的东西？”被她们这么一问，我觉得自己好像成了没有生存价值的不是人的什么。我看小说时也并未区分哪位是女作家哪位是男作家。小说这东西读来有趣、作为作品优秀即可，至于那位作家是穿裙子还是穿裤子，对我来说不是什么大问题。只不过从结果上看我译的的确全是男作家罢了，何以如此我也不明白。不过那种时候我总是说“我也译过几篇格蕾丝·佩莉（Grace Paley）的作品”。因为格蕾丝·佩莉从男女平等观点看来基本上是百分之百正确的人选，所以好歹能蒙混过关。必须感谢佩莉才行。但我喜欢格蕾丝·佩莉则不是因为她是女作家或具有男女平等意识之故，无非因为她作为作家很出色，乃文章能手，因为我作为读者对她情不自禁地产生了共鸣。这样的念头是反动的、不自觉的，结果上没准是它把我弄成了男女平等主义的敌人。

我倒不是对当地盛极一时的男女平等主义文学批评吹毛求疵，而认为从这新的切入点、新的视角解读文学委实是个有趣的尝试，在批评领域做了几桩蛮不错的事也是事实。我并且认为，这样的观点将给日后小说的写法带来实实在在的变化。

只是我觉得，事物的正确契机（moment）恐怕是从根本上含有疑念的东西，或者说正当的契机本来就发端于朴素的自然的疑念。从怀疑当中陆续不断地产生诸如“大体固然如此而实际是否这样”、“其实可能这样”的假说，各种各样的假说的聚集将生成一个重要的可变的契机。可是倘若这一个个假说在某个时候固定了、僵化了，失去本来的可变性而变成无人不晓的停滞的命题，那么，其中势必产生某种宿命的斯大林主义（Stalinism）。就文学世界而言，档次不高的人就有可能将这里作为结局死死抓住不放而形成其“蜘蛛网”。我所担心的乃是这种斯大林主义式的细部僵化倾向，而绝非男女平等主义文学批评整体。

不过，美国文学界妇女占的比例的确大得惊人，是日本所无法想象的。例如我在这边与之共事的文艺代理人、出版社和杂志的编辑百分之百都是妇女，都有能力，都很热心，最主要的是精力旺盛。每天忙忙碌碌，累了厌了泄气了的时候我想应该是有的，但每次见面、每次打电话声音都那么开朗快活、积极主动、神采奕奕。我猜想她们大概时不时去卫生间面对镜子自言自语：“我今天也精神、今天也精神。”不管怎样，这样的态度实在令人钦佩，和她们在一起工作实在开心。

“编辑中之所以女人多，老实说，是因为美国的编辑工资不高，和日本不一样。”她们中的一个告诉我，“我们干这行不是为了钱，是因为喜欢出版工作。说起经济，一般都有丈夫，钱由他们挣回来。”

即使有那样的具体情况，每当目睹纽约市精力旺盛的阿姨们（或妙龄已过的姐姐们）大有专业人士风度的雷厉风行的工作情景，我仍然深受鼓舞。她们当然都有个人家庭生活，不大可能像同日本编辑打交道那样问一声“怎么样今晚去哪里吃一顿”。一起吃饭基本上是一个小时吃完的工作餐。有时对方也发出邀请：“和太太一起来我家吃晚饭如何？”但这是鲜有其例的。日本如果男编辑也数量骤减，主妇编辑相应增加，那么编辑和作家的关系恐怕也会变得清清爽爽纯属商务性质，而那未尝不是好事。为此需要像美国那样大刀阔斧削减出版社员工的薪水……这个非同小可，我可不敢大声说出来。

我实际目睹如此精力旺盛的女人时，不由深深折服：美国的男女平等主义原来是从这样的地方自下而上茁壮生长出来的。总的说来，较之搬弄理论之人，在倾向上我更容易为实际动手的人——大概因为自己也是实际动手的——所吸引。这样的人一般不至于问我："你干嘛只翻译男作家？你这是什么意思？"倒不是说这么问没有意义，但作为我，如果可能的话更想生活在不拘于这种革命法庭审判式的细枝末节的世界里。总之，对于那种依仗什么（无论其高举的思想是否正确）而动辄吆五喝六威风八面之人（无论男女），我基本上是不相信的。这是我的想法，不知尊意以为如何？

后日附记

我想，美国这个国家好像有这样一种倾向："概念"这东西一旦确立，就会无限膨胀开去，越来越强大，成为理想主义的（and/or）、排他性的东西。常说"自然模仿艺术"，而这里似乎多是"人模仿概念"。将这一概念以 Yes・No、Yes・No 的方式无比执着而深刻地追求下去，就会发生以正常神经看来无法置信的走火入魔（fanatic）的事情——诸如提倡爱护动物者袭击肉类加工厂妨碍生产、堕胎反对论者枪击医生等等——尽管本人是极为认真的。

我猜想这恐怕是因为这个国家是由种族上和宗教上来源（origin）各所不同的人聚集形成的，以致"共同概念"这个东西和共同语言具有同样重要的价值。其作用大约类似于拢紧木桶的箍。不过坦率地说，交谈起来有时会感到无聊，感觉上就像上高中时在课外学习室里被一个认真的女班委追问为什么“村上君的想法有点儿怪”。果真如此，我真想反唇相讥：“有什么办法呢，天生就怪么！可你那张脸也相当怪的哟！”当然我不好这么说。

安西水丸[1]君说我的脸越来越像他最近画的肖像——没准这也是“人模仿概念”的一个例证。

1 安西水丸：日本当代画家（1942— ）。村上春树的合作者。

终究悲哀的外国语

一年半以前的事了，我去住处附近一所语言学校学了两个月西班牙语。来美国学西班牙语未免有点儿奇怪，但我要去墨西哥旅行一个月，加上翻译英文小说很多时候需要有西班牙语基础知识，可谓此其时也，决定好好学一学。因为是和美国人一起学外语，所以也有同时练习英语的打算。学校是有名的贝立兹（美国讲法叫Berlitz），碰巧是减价期间，学费相当便宜，教科书也决不贵。学校“大力推荐”的练习用录音带全套买是很贵，但就我的记忆来说，录音带这东西几乎没起过作用，所以没买。在日本我没有上同类语言学校的经验，无法准确比较，但根据熟人说的情况，我推想要比在日本的语言学校学外语收费便宜得多。在美国，会讲西班牙语的人遍地都是，容易找教师大概也是便宜的一个原因。我居住的社区后面不远就有讲西班牙语的美籍拉美人居住地段，走在那里听到的全是西班牙语。

班上共有四个人，晚上七点开始上课。说老实话，我不大喜欢天黑后工作或学习，但只有这个时间段的课，别无选择。因为多数人是下班后来学语言的。除我以外的学生，两个是年老的太太，一个是三十刚过的雅皮士风格的黑人。太太中的一位在波多黎各或什么地方有一幢分时度假别墅，常在那边过冬，准备正正经经学西班牙语，或者先生退休后在那边度过晚年也不一定，年老的美国人里边似乎有不少出于这个动机才开始学西班牙语的。另一位太太学西班牙语的动机不明。

成问题的是名字叫查克的雅皮士风格的黑人（实际上也可能不叫查克，记不确切了，姑且以查克称之）。此人在一家银行工作，下班后匆忙吃完晚饭赶到贝立兹。总是衣冠楚楚，拉夫·劳伦衬衫，架一副阿玛尼眼镜，便是这种气氛。虽说是黑人，但肤色是接近白色的咖啡色。他并非想学西班牙语才学的。究竟什么目的忘问了，总之是由于银行上司的命令——“喂，你要在三个月内学会讲西班牙语”——才不得不学的。这家伙为此嘟嘟囔囔一个劲儿发牢骚。上课前几分钟他总是对我絮絮叨叨，什么“其实我本不想学什么外语，也罢，毕竟银行出学费”啦，什么“今晚电视有篮球比赛，真想在家边喝啤酒边看节目”啦，什么“一天工作下来还要学这玩意儿，实在够呛”啦，等等。同电影上常看到的精神抖擞积极向上的美国精英银行职员形象大为不同。

这查克不知是压根儿没有语言天赋，还是上不来情绪，语法也好发音也好他都几乎不想记（或者记不住）。所以，由于这个人的关系，课程迟迟不得进展。然而他还挑三拣四满嘴歪理——“词尾干嘛变得乱七八糟？”我是觉得老说这个也无济于事。自己出了错，却辩解说：“我在大学学拉丁语来着，西班牙语弄不明白。”我恨不得问他一句你小子是怎么在大学拿的拉丁语学分？这还不算，话题总是偏离西班牙语独自信口开河，炫耀说自己在这初级西班牙语班固然百无一能，而若走到外面决非等闲之辈，如何如何。不客气地说，是个烦人的家伙。老师看样子也够焦头烂额的，但美国这类学校的老师，学生稍有意见就会被炒掉，所以只好耐着性子迁就最差劲儿的学生授课，一有谁扯后腿就甭想前进。瞧这样子，与其说是“学生”，倒不如称为“客户”更确切。如此这般，我只去了最初十回就溜之大吉了。对上课本身倒没什么不满，但我觉得和这查克一块儿学习纯属空耗。在外语学校同别人一起学外语远非易事。从我的体验说，语言学习这东西要在某种程度上实行斯巴达式教育，若不狠心把“跟不上的家伙甩下”，既教不了也学不了。

后来我找到一位家庭教师，独自一点一滴坚持学西班牙语。不久开始写小说，时间绝对不够了，也就不了了之。尽管如此，在我一个人扛着背囊在墨西哥旅行时，那一点点基础性的西班牙语还真帮了不少忙。说来也是理所当然——至少比一无所知好得多。

这六年间，我有近五年是离开日本住在外国。就是说，我自行置身于不用外语就活不下去的环境之中。所以，现在这么说我也认为有些荒唐，不过坦率地说，我开始认识到自己恐怕不是学外语的料。

想起来，时间长短固然有别，但迄今为止自己学了好多种外语。初中高中当然是英语，在大学学了德语，从大学出来后跟精通法语的朋友学了法语。学法语和学西班牙语时一样，是因为翻译英文小说时若无常识性知识会遇到很大困难。老实说，由于还没去过法国，法语不曾讲过，只是读。希腊语是因为要旅居希腊，所以在日本参加了一所大学的讲座，学了很长一段时间。意大利语是随便自学的，但由于在意大利住了不少日子，购物、饮食、问路都可以做到。土耳其语是去土耳其旅行前跟老师集中学了一个来月。每种语言学习的时候我都觉得蛮快乐的，而且当时以为自己大概适合学外语。

可现在回头想来，觉得那大约是一种自以为是。我在性格上倾向上决不适合学外语，年纪越大，这种“不适合”就越在自己身上变得明显起来。近来再次认识到自己不行了，再不能动真格学外语了，或者不如说自己身上存在的学外语优先顺序正随着岁月的推移而一步步下滑。

最主要的原因，恐怕还是舍不得腾出时间用于外语学习。年轻时候时间任凭多少都有，也有学习未知语言的热忱。其中有求知方面的好奇心，有要征服什么的亢奋，有对于新型交流的期待，甚至有一种智力游戏之感。然而四十过后，渐渐算计起了有效岁月此后还有多少，觉得较之盲目地死记硬背西班牙语和土耳其语的动词变化，不如做些对自己更有迫切性的事情。而一旦意识到这点，外语学习就无论如何也坚持不下去了。若是不怎么玩命也能像吸入空气那样三两下就掌握一门外语的天才倒也罢了（如此人物我周围就实有几个），而像我这样不花力气就什么也掌握不了的人年纪大了就相当痛苦。何况，就算能用几种外语与人沟通，说到底我这个人可以传达给别人的事项恐怕也是很有限的。

这是我在这次学西班牙语过程中的切身感受。精神无论如何也集中不到语言学习上面来。尽管没糟糕到查克那个程度，可脑筋硬是转不到学习方面。过去没这种情况，再有事也能聚精会神地琢磨句型、背单词和校正发音，而如今这些已无从谈起。年纪大了致使求知注意力的绝对量减少这一原因当然是有的，但主要原因还是极其单纯的时间总量不足。简言之，即“不能贪多求全了”。我说的优先顺序就是这个意思。

在美国已经生活了两年多，加上十年来始终翻译英文小说，因此一定程度的英语会话当然是可以的。不过老实说来，用英语和别人交谈我还相当不擅长。说日语我都不很如意，越说越觉得心情沉甸甸的，说英语也是同样。所以，很少产生积极使用英语说话的愿望。而这样的人不用说英语口语能力是很难提高的。

人们常说日本人对于讲不好外语过于感到羞耻，由此导致语言学不发达。不过我倒没怎么感到羞耻，词儿卡壳也好，语法出错也好，发音不准也好，毕竟是外语，一定程度上是奈何不得的事。只是我心里想，不能将自己的所思所想用日语流畅而生动地表达出来的人，即使再热心学外语，也是不可能用那种语言谈笑风生的。这属于与生俱来的性格倾向问题，不是想改就能一下子改掉的，一如唱不好日语歌的人也不可能忽然间用英语一展歌喉。

况且我所在的是大学里的东方语系，教职员也好学生也好全都一口流利日语，比我讲的什么英语流利得多，而且他们也想练日语，于是我也不知不觉用日语讲了起来。结果，我的英语口语水平愈发提高不了。相比之下，在经济专业和哲学专业的人因为每天不得不用英语，一年时间就能讲得令人刮目相看。

最近，因为要同学生进行课堂讨论，我细细读了小岛信夫[1]的《美国学校》，有很多地方感同身受。简单说来，故事讲的是战后

---

1 小岛信夫：日本作家（1915— ）。1955 年以小说《美国学校》获第 32 届芥川奖。

不久，主人公英语教师伊佐尽管对讲英语深感无奈，却又陷入不得不去参观美国学校、不得不在那里使用英语的窘境，说可怜也可怜，说滑稽也滑稽。其实讲外语这个活计或多或少都含有“说可怜也可怜说滑稽也滑稽”的成分，我虽说没有伊佐那么大的压力，但拼命讲英语的时间里，总会倏然冒出“何苦找这麻烦”的念头。每次被商店的女孩大声反问“What”，或去汽车修理厂面对着半大老头汗流满面结结巴巴地说明故障情况（方向指示灯叫什么来着?），我都觉得自己真是窝囊。走在街上听到五六岁的美国娃娃都讲一口流畅漂亮的英语，我不时为之愕然：娃娃都能讲这么好的英语！想来也是理所当然，不必一一愕然，但偏偏有这样的一闪之念。其实，本来我就是以自己的意志离开日本的，所以谁都怨恨不得。

前几天应邀去住在纽约的作家玛丽·莫里斯（Mary Morris）家里用晚餐。玛丽去年在普林斯顿大学的英文专业教了一年创作课，在那里认识的。普林斯顿大学的英文专业有着乔伊斯·卡洛尔·欧茨（Joyce Carol Oates）、托妮·莫里森（Toni Morrison）、罗素·班克斯（Russell Banks）等大名鼎鼎的作家，我对他们每每诚惶诚恐，不敢接近。顺便说一句，托妮·莫里森是以在普林斯顿大学拿最高薪水而闻名的，没亲眼见过明细表，无法断言，听说是这样。每两星期有一次创作课老师的午餐会，我也被邀请了几次，但终究门槛高，令人望而却步。相比之下——这么说或许不大合适——玛丽和我年纪相仿，性格也爽快，又有斋藤英治这个共同的熟人（他译过几篇玛丽的作品），交往起来比较轻松。我们的代理人也相同。我去墨西哥旅行的时候，正好把她的《没有申报品》（*Nothing to Declare*）这本有趣的墨西哥游记带在身上读——书被翻译过来了，日语名忘了——也是由于这个原因，我们得以亲密交往起来了。

玛丽住在布鲁克林因安静地段的低层公寓，保罗·奥斯特（Paul Auster）夫妇就住在附近，加上从曼哈顿赶来的莫娜·辛普森（Mona E. Simpson）夫妇，那天晚餐相当热闹。可遗憾的是，这样一来我就几乎跟不上交谈速度了。一对一交谈倒还勉强应付得来，但若四五个人像机关枪速射一般舌来唇去，仅听其大意便已累得够呛。交谈本身固然妙趣横生，然而全神贯注听上两个多小时，神经难免松懈疲劳。而神经一旦松懈，注意力随即下降，我嘴里的英语也无法顺利吐出。我又不是奥特曼，整个处在了“电池耗尽”状态。大凡用外语交谈过的人，大致都体验过这种“电池耗尽”症的滋味吧。

但不管怎么说，能见到保罗·奥斯特还是叫人愉快的。以前我就想入非非，以为奥斯特可能是个相当高明的乐器演奏家，于是问道：“你的文章不论结构上还是时间上都让人感觉出十足的音乐性，使我想起优秀演奏家的风格……”

他笑着摇头：“遗憾的是我不会弹乐器，尽管时不时按一下家里的钢琴。不过我认为你说的完全正确。我的小说是边设想作曲边写的，心想若是能灵巧地弹奏乐器该有多妙啊！”如此看来，我没打中也没打歪。

我倒不是为自己外语讲得不流畅辩解——我认为就算外语讲得滔滔不绝也不能保证个人与个人之间的心情一定水乳交融。有越是口若悬河而绝望感越深的时候，而断断续续交谈才息息相通的情形同样存在。以乐器演奏打比方，具有超群绝伦的技艺未必就能准确到位地传达音乐。二者同一道理。当然，有技艺比没有好。不说别的，看不懂乐谱演奏就无从谈起。但是说得极端些，磕磕碰碰错误不断甚至半途卡住演奏不下去却能打动人心的演奏也应该是有的，反正我这样认为。据我的经验，向外国人正确表达自己心情的诀窍有以下三点：

（1） 首先明确自己想说什么，尽可能迅速把握机会，用简短的语句讲清要点。

（2） 用自己完全理解的浅显词句表述。难的、时髦的、故弄玄虚的词语不必考虑。

（3） 关键部分尽可能再换个说法（Paraphrase），慢一点儿说。如果可能，加入简单的比喻。

只要留意这三点，我想即使说得不够流畅，也能把你的心情较为准确地传达给对方。不过，这已快成为“文章的写法”了。

后日附记

日前玛丽来波士顿，朗读了她的新书（女性游记集粹）。我也去听了，之后一起去日本料理店吃寿司。她说：“托妮（莫里森）拿了诺贝尔奖，普林斯顿热火朝天的！”可喜可贺。我家太太说她时常分不清托妮·莫里森和乌比·戈德堡（Whoopi Goldberg）的区别。真够伤脑筋的。

穿运动鞋去理发店

无论如何我都已不再是被人称为“男孩”的年龄了，可是至今仍然奇异地为“男孩”一词所吸引。这个词儿的韵味以及其中含有的心情比较让我喜欢。世上有被人说成“那家伙是个男人”的人，可总的说来，较之“男人”，我还是觉得“男孩”这一形象跟自己更为亲近。听我这么说，别人很可能说我：“所以才说你小子不成熟未社会化，处于幼儿阶段嘛。”但我认为未必那样。不如说，这属于同现实年龄没有多大关系——当然不是完全没有——的某种看法和价值观方面的问题，社会性方面彻底成熟、但某部分仍可继续是“男孩”的人应该是有的。

“那，你说的男孩到底是怎么回事呢？”对此很难用语言下一个明确定义，因为那是心情上、感觉上的东西。倒也不是说定义一定下不了，但相当啰嗦，不过，若要问“对你来说‘男孩’形象具体是什么”，那么我的回答是简洁明了的。写成条条就是：

（1） 穿运动鞋；

（2） 每月去一次理发店（不是美发店）；

（3） 不一一自我辩解。

这就是对我而言的“男孩”形象。简单吧？若有人满足了这三项条件，那么至少对我来说这个人就是——与年龄无关——“男孩”。在相当久远（久远到什么程度想不起来了）的过去，我也力图满足这三项条件来着。

但若说所提条件简洁明了因而做起来简单，则又不是那么回事，当然不是。即使这区区三项条件，长期坚持不懈也要付出相应的辛劳，最终将从中产生某种类似哲学的东西。不不，哲学这个说法未免有些夸张，或许说“经验性观点”更接近些。持之以恒的辛劳中——同这份辛劳具有多大的客观必然性几乎无关——往往有那种东西产生。

先来验证一下我自己吧。

就条件（1）来说，即使现在我也绝对符合。一年时间里大约有三百二十天穿运动鞋。偶尔穿一次皮鞋，觉得好像谎报身份似的，心里总不踏实。虽不是什么值得自豪的事项，但总之这一点几乎不存在问题。

但第（3）项“不一一自我辩解”，要持续付诸实施则实非易事。即使不特别打算辩解，也会情不自禁地道出“唉呀，其实……”这类带有辩解意味的话来，日常生活中屡屡觉察到这点并为之懊恼。若是一个人我行我素的年轻时候倒也罢了，而长大成人后同高深莫测的社会打交道，不觉之间被纳入了复杂多变的人际关系，完全不申辩不解释地活下去几乎是不可能的。如果不根据各个阶段的情况适当加以辩解（exuse），就有可能蒙受损失以至因被误解而深受伤害，甚至有可能给别人造成麻烦或意外地失去朋友。普通团体都已相当严重，而我所属的文艺关系方面就更加草木皆兵。因为在这个行当里，种种意见会纷纷变成铅字广为传播。结果，相应的申辩和解释也扩散开来了。

可是一旦进入这样的辩解怪圈，那可真得大大小小都要像山羊邮信[1]似的非辩解不可了。因为哪里该辩解哪里不该辩解的界线渐渐

1 山羊邮信：日本有名的童谣，大意是说白山羊给黑山羊邮了一封信，黑山羊没看就把信吞进肚里，遂去信问白山羊信上写了什么。白山羊接到信后又没看就吞进肚里，又去信问黑山羊写了什么，如此徒劳无益地循环不止。

模糊起来，所以，几乎在成为小说家之初，我就下了一个决心：不使用文字来为个人辩解。我不是自制力有多强的人，日常当中或许会有意无意进行辩解，但至少不得使用文字。纵使被整个世界所误解，也听之任之拉倒——这就是我的基本想法，虽然也许有点夸大其词。反过来说，小说家这种人好也罢坏也罢，都不可能顺顺当当得到大家理解。有句话说“知识就是力量”，对于小说家而言，莫如说“误解就是力量”更为正确。在小说世界里，比之通过理解的累积获得的理解，通过误解的累积获得的理解往往具有更强大的力量。

算了，与起这个来写不完的，况且也快成牢骚话了，所以还是回到第（2）项理发店上来吧。说实话，这理发问题才是这篇稿子的核心。

六年来我差不多都在外国生活，实在被理发店折腾得焦头烂额，以致我觉得在这个世界上，恐怕再没有像我这么频繁深入认真地考虑着理发店而活在世上的人了——当然理发业的人除外。总之，关于理发店的问题，一提起笔来就多少页也写不尽。

我不是特别注意发型之人。看我的头像即可晓得，我的发型无所谓什么样式。六十年代后半期至七十年代，也是由于时代风气的关系，留的是长发。那以后为便于跑步和游泳，发型变得很短。说痛快点，根本不讲究发型，甚至不能以发型称之。不烫，不梳马尾辫，不用发膏不用发油不用发胶，什么也不用。只是一下子剪短、用梳子梳梳罢了。你没准会纳闷儿：既然如此，何苦还这么一个人烦恼不堪呢？问题是，我的头发有点不听话，保持协调相当困难，并非“适当弄短些就可 OK”那样的东西，一旦失手就非常麻烦，从理发店回来对镜一看，有时一星期都不能外出。真是各人都有一两句说不清楚的事情。

在日本期间，总是去东京都内某家理发店。我去那里已经去了十五年了，两三个月去一回，去了道一声“你好”往椅子上一坐。如此而已，别的一概不用考虑。因交往了多年，那里的人对如何理我的发无不了然于心，处理得恰到好处。所以，从习志野搬去藤泽又到大矶居住之后，理发时我还是乘电车跑来东京，所谓 Unisex（男女通用）美发店那样的地方一次也没去过。把脑袋往后仰着任人洗头，依我的感觉简直是对人性的莫大侮辱。因为，被人洗头发时人的面孔绝对像个傻瓜蛋，将那样的物件向上仰起暴露给世人，不是丢人现眼又能是什么呢？

可是旅居外国以后，总不至于每次头发长了都回一趟东京，只好去当地理发店。但日本理发店同外国理发店的技术差别不可同日而语，说白了，足有莳弄盆景和修剪草坪那么大的差别。美国理发店的中心命题仅仅是“把长头发弄短”，决非“整理头发”，故所需时间短得惊人。往椅子上一坐，“咔咔嚓嚓”一阵剪刀响，再用推子“吱呀吱呀”沿脖颈转上一圈即算完事。十至十五分钟就刀枪入库。很多店连头发都不洗，就算洗也是在剪发之前，弄得脖子上衣服上全是毛发，毫无审美感受可言，当然十之八九带来灾难性后果。

一次去伦敦的瑞士小屋地铁站附近的理发店。刚在椅子上坐下，就有一个年轻男理发师过来问我是日本人吗第一次来这里吗，我回答是的。又问那么是熟人介绍你来的吗，我说 NO。

“那，你真是个幸运的家伙！”他“砰砰”地拍着我的肩说，“为什么这么说呢？因为日本人的头发和西欧人的头发发质不同，头形不同，脸形也不同。所以日本人自有适合他们的发型。不这么认为？”

“那倒是，的确如你所说。”我应道。

“但是英国人的理发店不考虑这些啰嗦事，而且实际上也没人能理适合日本人的发型。明白吧？”

“明明白白。”

“那些家伙不用脑袋，不从经验中学习，可是我能做到。我长年累月在这里开理发店，这一带住有很多日本人，我也给很多日本人理过发，日本人的头发该怎么理我十分清楚。所以嘛，所以我才说今天你来我的理发店真个幸运。”

“那太好了！”我说。果真如此，我必是幸运儿。因为，在伦敦我已被逼到了无论如何要去理发店的境地，只好闭着眼睛闯进附近这家理发店来。

然而从结果上说，这家理发店可谓一塌糊涂。剪技差劲儿，剪刀不快，弄得满衬衫是毛，效果惨不忍睹。往镜里一看，怎么看都不像我的面孔。原本脸就长得无人欣赏，可又给糟蹋到如此地步。“若是不巧和长成这副德性的家伙同桌吃饭，吃什么都没有滋味”——便是这么一张面孔。而那确确实实是我的面孔。理发师本人却显得喜不自胜："如何，幸运吧？"他这么发了话，我不得不咬咬牙付出多于一般标准的小费。不过，以后我好长时间都没情绪外出，刮胡须时尽量不打量自己的脸。这么着，得以一直闷在房里做事，倒也真算幸运。我拿定主意，在伦敦期间，头发再长也绝对不去瑞士小屋地铁站附近那家理发店了。

住在希腊的时候，时不时去雅典的美发店。我因一直住在岛上，不可能想去就去，都是有事去雅典时顺便理一次，这已成了很长一段时间里的一个习惯。对我来说，是第一次迈进 Unisex 美发店的门槛。作为早已对希腊理发店忍无可忍的我，感觉上这里简直就是最后一根救命稻草。我想，再不当什么男孩了，像正常人那样正常理个发算了！这家美发店位于雅典最高级住宅街中间，临街全是玻璃，窗明几净，甚有雅皮士氛围。收费当然也不便宜。不过到底手段高明，效果也还可观，于是每次来雅典都上这里。我总是梦见一位愁眉苦脸的理发店老伯来我枕旁责问我干嘛撇下他们而改去什么美发店——这自然是说谎，不过因为不去理发店而觉得相当愧疚却是事实，尽管也没欠理发店的什么人情和债务。

而另一方面，去美发店有个不无奇妙的问题：洗完头后，两只手各被递过一根棉花棍。仰面洗头，洗罢用毛巾“咔嗤咔嗤”擦上几下，旋即洗发女孩把两根棉花棍一声不响地递过来，径自转身去了哪里，意思大概是让我自己掏耳朵。问题是紧接着美容师就过来操起剪刀开始下一项作业了，我只好双手牢牢抓着两根棉花棒一直坐着不动。这在别人眼里势必滑稽透顶，且让人心里不舒服。我不明白何以非如此不可，现在也不明白。也可能是厌恶的表示：“像你耳朵这么脏污的家伙没人侍候，下次打扫干净再来！”可我不认为自己耳朵脏到那个程度，如此一一考虑之间，心情渐觉沉重，不久那家美发店也不去了。虽说不是什么大不了的事，但每次被递棉花棍时都心头一惊，到底对心脏不好。

来美国后试着去了一段时间附近的理发店。住处周围的理发店几乎全是意大利人开的，追根溯源，二十世纪初期新泽西州有一股建筑热，当时建筑工人不够，就从意大利请来不少石匠。大概由于美国住起来舒坦，很多人就势在镇上住了下去。他们在新天地里好歹安顿下来后，又把处于贫穷和经济萧条双重煎熬中的亲戚从家乡叫了过来。大部分意大利移民虽然付了船费踏上美国大地，但由于没有像样的资本，加之在西部待开发区（frontier）消失后的美国搞到经营农业的土地亦非易事，于是他们便当了钱能马上到手的手艺人。至今普林斯顿周边的建筑业、园林业、面包坊的从业人员仍有很多是意大利人，而同样没有资本的爱尔兰移民则成了能马上领工钱的警察、士兵、消防队员。如此想来，觉得美国的民族职业划分甚是有趣。

这样，看上去像从爱因斯坦在普林斯顿大学时就开理发店的老伯们，现在仍操着夹杂意大利语的英语，俨然笠知众[1]一般悠然自得地给老师和学生们理着发。理发店里面也带有十足的古色古香的美国味儿，极有情调。遗憾的是，技术上不客气地说还大体停留在中世纪水平。试了几家，想重去的却是一家也没有。

附近的 Unisex 美发店也都试了一遭，这边技术上到底略胜一筹（up to date），态度也够认真，算得上“不坏”，可是美容师当中有人非常饶舌，总是搭话，令人心烦。理发店的意大利老伯只在要

1　笠知众：日本著名演员，多演中老年男人角色，说话语气独特。

去洗发台时道一声“洗发去”，此外基本上保持沉默。与此相比，Unisex 也许是出于主动服务的动机，老是喋喋不休——“做什么工作？”“在大学工作？什么专业？”“喜欢美国么？”“日本有征兵制没有？”“美国车为什么在日本卖不出去？”如此这般问个没完。

上次给我理发的名叫安德鲁的美容师年纪四十五左右，头发已经稀疏。他把三个十几岁女儿的照片、太太的照片以及房子和狗的照片摆在他专用的镜子上，还齐刷刷地插了五面小星条旗。倒不是说这样不行，可我是为理发而来美发店的，没心思一一细瞧美容师一家的照片和哪家子星条旗。这还不算，理发时间里又没完没了地吹嘘自家女儿，活活要命。

说来说去，现在去的是纽约一家日本人开的美发店。每次都花一小时十五分跑去纽约理发我也认为未免傻气，可不是我辩解，落到这一步，乃是长达两年的种种挫折、绝望、气馁和失落的结果。其实每月去一次纽约也是因为有事，顺便理一回发。坐在美发店椅子上一边呆愣愣地眼望窗外景致，一边耳听“咯噔咯噔”轻快的剪刀声，蓦然觉得回到了东京。大概是因为那“咯噔咯噔”声同外国理发店或美发师发出的“咯噔咯噔”多少有所不同的缘故，日本人的理发店或美发师这方面，由于作业的流程，“咯噔咯噔”会变成“咔唧咔唧”的轻声，又进一步变成小河流水似的“唧嘻唧嘻”声。这种作业的微妙变化具有令我回想起日本的感染力。

如此这般，眼下(2)“去理发店”这项遗憾的是未能做到，每月还得无奈地倒仰着脸任人洗发一次。看来一个人要永远是“男孩”并非易事。回东京后我还要去理发店——可那要等到什么时候呢?

后日附记

如今在波士顿找到一家美发沙龙（hair salon），遗憾的是不是理发店，而是 Unisex 美发店。在这里每月由一位叫伦尼的美容师修理一次。伦尼是运动员兼素食主义者，每次都对我讲体育运动或素食，因为第一次来这里时我说起过游泳。这么着，“此人是健康话题”这一信息便输入了他的脑袋。

据普林斯顿附近住的经济学家坎多里介绍，美国的理发店第一次去时谈的话题将永久性固定下来，此乃一种倾向，所以最好小心些。这就像小鸡把刚出蛋壳时看到的东西认定为母亲一样。他在附近理发店第一次理发时提起了龙舌兰酒，结果遭殃了——那以来年年岁岁都要同理发师谈龙舌兰酒的喝法、如何用龙舌兰酒做鸡尾酒等等。“相当累人哟！我又不是特喜欢龙舌兰酒。”他说。端的可怜！

描绘“卡佛之国”的罗伯特·奥特曼电影迷宫

前几天去纽约看了罗伯特·奥特曼新片的试映。电影名字叫《Short Cuts》[1]，脚本是根据雷蒙德·卡佛几个短篇改编的。雷蒙德的遗孀苔丝·加拉格尔（Tess Gallagher）打来电话，说有个仅圈内人参加的电影试映会（Screening），有时间请过去一块儿看，还说罗伯特本人也来。苔丝平时住在华盛顿州，但由于在纽约大学教一个短期文学创作班，所以在格林威治村的宾馆住了一段时间。

不用说，有时间也罢没时间也罢，都不能错过这样的机会。会场就在村内，是显像厂一间不大的摄影室。试映会兼小型晚会，会场准备了葡萄酒、啤酒和零食。也是因为开始时间在晚上六点，试映前人们一边说说笑笑一边吃吃喝喝。观众一共三十来人，全是同一行业的纽约白人，互相认识，感觉上似乎“噢”一声就算打了招呼。准确说来，这不是试映会，而更接近于小说——若以小说打比方——第一次校样的公开。片名和演员表已经打上去了，但职员表还没有。放映前罗伯特亲自出来笑着告诉大家：“这是almost final，可能略有改动。很长，全部放完差不多三个小时，要有精神准备。有厕所，随便去就是。”

从结论上说，长达三小时的时间一点也没觉得长。虽说是将雷蒙德·卡佛几个短篇用蒙太奇组合在一起拍摄的影片，但由于动了大手术，很难看出到底编进了几个短篇。我边数指头边看，看得出的共有九个（事后问苔丝，她说她也数了，但弄不清楚）。而且用的又都是短篇中的片段。不过，《弃狗》、《一件有益的小事》、《家门口就有这么多的水》、《肥》在情节推进上占有相当重要的位置。除了卡佛这九个（大概）短篇原作，还大量加进罗伯特和编剧自己编造的跑龙套式情节。这些数不胜数的插曲从头至尾几乎没有间断，时间上足有一两天的容量。

这样一来，很多人难免想起詹姆斯·乔伊斯的《尤利西斯》，

1 《Short Cuts》：意为《短片集》。又译《浮世男女》、《银色性男女》。

而导演的意图恐怕也在这里，正该用《启示录》来形容。赞其为大家手笔的人为数多多，称之为语无伦次之劣作的人也并非没有。我虽然不认为是什么劣作，但也承认即使有人认为是劣作怕也不奇怪，我不想对他们说“你们非懂这个不可”。因为，对于这部电影来说，是好是坏的评价不是太大的问题，纵令作为电影失败了，其咄咄逼人的、具有奇异感染力的存在感也完全可以弥补其不足……甚至仅凭这一点也足以让人欣赏半年——便是有这么大的冲击力。《幕后玩家》（The Player）诚然也是有趣的影片，但这一部的内涵莫如说因其岌岌可危而得以加深了。看完后时间经过得越长，越让人切切实实地觉得意味深长。

电影始于半夜往洛杉矶上空洒农药（为了消灭地中海果蝇），结束于不远的将来一场大地震。总之到处充溢着世界末日般的强烈的悲剧气氛。舞台始终定位于洛杉矶的卫星城市，但那些郊外杀菌的无机性的光景同罗伯特电影语言的氛围正相合适，摄影也无懈可击。在这个意义上，我想，这才是真正意义上的美国电影。不管怎么说，反正是只有美国才拍得出的电影。

从我自身经验来说，比如在美国新泽西州或加利福尼亚州的大城市近郊开车，时不时也有汹涌的无奈感袭上心头。此处有一座镇，沿路行驶不久，人家中断了，镇郊有一条店铺傻大傻大的商场。有复合型电影院，有 Foot Locker，有汉堡王，有 CVS[1] 药房，有西海岸录像带出租店。继续前行，有树林、河流等不多的自然景观。通过之后，很快有下一座镇出现。镇郊当然又有商场，又有不多的自然景观。然后又是一座镇……如此无尽无休。镇与镇之间当然有所不同，但大同小异。尤其在加利福尼亚，由于土地平坦得无遮无拦，自然景观单调，我们的无奈感也更加强烈更加深重。展望着这种无边无际的铺展，就会迅速陷入沉思：人的活动究竟有何意义呢？这样的无奈是一种唯独在美国才能体味的情怀。在欧洲体味不到，在日本体味不到，乃绝对的美国原版（American original）。

《Short Cuts》中接踵而来的插曲给观众的怅惘与无奈，也同这种在美国大地移行时特有的无奈感有相通之处。电影从一个插曲

1　CVS：Convenience Store 之略，便利店、小超市。

转入另一插曲，我们（至少我）就从一座镇进入另一座镇。尽管每个插曲都有其特点，然而我们渐渐失去辨认那些差异的能力。盯视银幕的时间里，脑袋逐渐麻痹，被拖进了银幕上出现的世界末日郊外那令人倦怠的恶梦中。这种感觉当然很大程度上来自卡佛的小说世界，但基本上还是奥特曼的个人风格所使然。再说得准确些，乃是在卡佛创造的近乎执拗的世界的刺激下急速膨胀起来的奥特曼的同样近乎执拗的个人世界。膨胀、膨胀、膨胀得几乎达到临界点——倘若不滑向遥远的前方，就连那里曾有过什么都无从知晓。至于哪里到哪里是卡佛，哪里到哪里是奥特曼，分辨起来是极其困难的，或者不如说实际上不可能。在观看《幕后玩家》的虚构内再加虚构的世界时，观众是在自己也浑浑噩噩的情况下往返穿行于虚实之间的帷幕，同样，我们在《Short Cuts》这部影片中，也目睹了卡佛与奥特曼之间展开的没有记分牌的迷宫般的围墙游戏。

这部影片有 making off[1] 录像带，片名是：

1 making off：拍摄花絮正片以外的被剪切部分，或采访导演、演员以及表现摄制过程的副片。

“Luck, Trust & Ketchup”

Robert Altman In Carver Country[1]

录像带我看了（我看的是两小时零五分的版本，据说正式的为一小时四十五分左右），奥特曼在里面说这部影片的妙趣在于：虽然故事人物众多，但出场人物之间几乎没有现实性关联。他的另一部影片《婚礼》（A Wedding）中也有许多人物出场，但由于他们都是被请来参加婚礼的客人，大家在某一点上有某种联系，所以故事从一开始就有大致的连贯性。然而在这部影片中，出场人物大多是毫不相干之人。就背景场地来说，《幕后玩家》的舞台是好莱坞电影界这个紧密相连的共同体、小世界，而这部影片则是极其庞大的变形体式的无边无际扩展开去的洛杉矶郊外。如何在这种严酷的混沌环境中一气呵成营造出一个电影世界，这对奥特曼是一次实力考验。真能做到吗？不出所料，事情没那么简单。然而这种“没那么简单”在结果上成了形成这部电影具有强烈感染力的原因之一。

实际一看您就会知道，所以看之前由我啰啰嗦嗦泄露天机并不

1 意为“‘幸运、信任和番茄酱’，罗伯特·奥特曼在卡佛之国”。

合适，就不多说了。不过这部影片里的手法的确五花八门。例如《肥》中作为咖啡馆女侍应生出场的莉莉·汤姆林（Lily Tomlin），同时又在《一件有益的小事》中扮演开车撞了男孩的司机，而在另一插曲中则是女主角的母亲。如此这般，人们在各种场合擦肩而过，有意无意地参与或不参与他人的故事。此插曲与彼插曲、此人物与彼人物、此镇与彼镇，就是通过这样的接合点而曲曲弯弯地拧作一股的。尽管如此，故事本身并非解释性的，并非要通过这种连接而具体阐述、证明或暗示什么。这种毫不做作的装疯卖傻的标新立异（offbeat）的电影感觉，《巴顿·芬克》（Barton Fink）和《裸体午餐》（Naked Lunch）里都没出现过。

这部影片另外一个精彩之处，毫无疑问是配角人选之妙及其演技的无与伦比。特别是汤姆·威兹（Tom Waits）和莉莉·汤姆林夫妇的演技，有一种日本关西相声式的幽默和哀婉，堪称压卷之作。两人糊涂得一塌糊涂，而又恰到好处。把寻常美国人的寻常忧愁表现得深切感人，非比寻常。假如我有资格，真想无条件授予两人奥斯卡金像奖。

作为爵士歌手在夜总会舞台上大唱特唱的安妮·罗斯（兰伯特·亨德里克斯 & 罗斯）的角色安排——这当然是奥特曼后来加进去的角色——在我看来多少有些画蛇添足。但不管怎样，终究是安妮·罗斯，不得不予以原谅。杰克·莱蒙在《一件有益的小事》中扮演失去孩子的可怜父亲，同时又扮演《纸袋》（Sacks）中因在外面胡来而离婚的父亲角色。他的演技作为演技本身的确不同凡响，毕竟胜任愉快地演了长达九分钟的独角戏。但由于其演技实在过于完美无缺，因而令人觉得于这部电影总体上的标新立异流程多少有欠协调。不过这恐怕是口味问题吧。此外，我所喜欢的休易·路易斯（Huey Lewis）的一闪出场也让我相当高兴。此人在《回到未来》（Back to the Future）中只有一行台词，在这部影片中说了五行。就这样好好折腾下去，休易·路易斯有可能成为“汤姆·威兹第二”，尽管我不晓得他本人是不是想。

其他演员也非常出色。安妮·阿彻、巴克·亨利、弗莱德·沃德、小罗伯特·唐尼……这里无法一一列举，总之可以看出大家都为参加奥特曼作品的拍摄感到欣喜，自觉地出谋划策，各显神通。安妮·罗斯在录像带中发表感想：“同优秀的摄制人员一起做事，就好像同优秀乐队的节奏部一起登台。”可以想象，实际拍摄现场大概就是那样的气氛。

当然也不是说这部电影一切都好，无可挑剔。观看之间，也有几处不尽如人意的地方。多此一举的插曲也零星可见。例如苔丝就对最后的地震场面有些费解（我也觉得这奇妙的最后镜头匪夷所思，也许自己脑袋不好使的关系），说她打算直接讲给奥特曼听了。所以，最终出来的片子可能跟我看到的多少有所不同。不过，这部电影大气，即使小有失误也无损全局。

看完电影，喝着咖啡同苔丝聊天，我问《Short Cuts》这个片名准确说来是什么意思。依她的说法，大约有三个意思：一个是“短的创伤”，另一个是“近路”，最后一个即其本意“电影的短片”。言之有理，说意味深长也够意味深长的。

老实说，拍摄《等待月亮》（Waiting for the Moon）的吉尔·戈德米洛（Jill Godmilow）几年前也想根据卡佛原作拍摄电影，脚本都已写完了。但因为无论怎么都看不出商业上成功的希望，在美国找不到出资人，未能搬上银幕。我因偶然的机会受她个人之托在日本找投资者，尽管正值金钱绰绰有余的泡沫经济时期，也还是未能如意。我对这类讲究现实的事情相当不擅长，一般也不参与，但因是苔丝之托，便想尽力而为。整个夏天满东京城跑来跑去，体验了各种各样不无莫名其妙的事情，见了形形色色不无莫名其妙的人。

她的脚本我也看了，同罗伯特·奥特曼的切入点有很大不同。戈德米洛所把握的卡佛世界没有奥特曼施加的世界末日般猥杂的迷宫感觉，而更为直线型、更为小品式、更为 Bleak（粗犷）。她的所谓 Bleak，较之奥特曼大刀阔斧的改编，更接近于卡佛原来的世界，正该称之为 Minimalism（以小见大）。虽然不是说接近原作世界就好，但如果可能的话，还是想作为一个“选项”使戈德米洛版卡佛电影得见天日。说这个也没有用了。何况奥特曼已经弄出了如此惊世骇俗的电影，必须以此为满足才行……

而普通美国电影为什么就没有意思呢？的确，电影票很便宜。看日场只需三美元七十五分，不到四美元，且有空座。可电影看不出多大意思。电影这东西并非便宜即可。再便宜，浪费两个小时的徒劳感也是无可弥补的。放映完了欠身离座，绝大多时候都不由纳闷儿：美国电影就这么枯燥无味？外面车追车、床上人压人，或者是人所共知的罗伯特·德尼罗和阿尔·帕西诺式的出色演技。两年半时间里看了数量相当不少的美国电影，能够叫人拍膝叫好的不外乎《沉默的羔羊》、《不可饶恕》两部（正巧两部都拿了奥斯卡奖），以及这部《Short Cuts》。情况令人失望。

美国电影所以这么了无情趣，最主要的原因恐怕还是在于好莱坞已变得极其保守，鲜有原创性作品，全都是似曾相识的货色。系列片、翻拍片泛滥成灾。此外，近年来美国社会中的“Political Correct”（政治正确）运动的高涨将美国电影逼进相当局促的小胡同也是一个原因。差不多所有的人拍电影时都一再小心，以免被别人戳脊梁骨。我认为电影本来就是相当离经叛道的那类东西，一旦做出道貌岸然的面孔，所谓电影魅力就难免大打折扣。说起来，我是懒得听颁奖嘉宾在奥斯卡颁奖仪式上煞有介事的说教的，即便是堂堂正论。或者莫如说，唯其是正论，所以才没心思听。您不这么认为？

实言相告，我有个毛病：一看有趣电影就心慌意乱，心被整个翻起来。在东京倒也罢了，而在美国是开车去看电影，问题就大得多。看完《沉默的羔羊》，猛然回过神来，发现在道路左侧行车，吓出一水桶冷汗。看完《奥利维耶，奥利维耶》（Olivier，Olivier）后半夜开车却没有开灯，被周围司机吼了一通。这么着，每次看完有趣电影，老婆都要一一提醒我：“小心哟！灯打开了？安全带呢？右侧行驶，别弄错！”因此，有趣电影少倒是一件安全事……

后日附记

这部电影一九九三年十月在美国上映。报刊上评价蛮好，遗憾的是放映的电影院仍然不多。不过，伴随着电影的上映，出现了不大不小的卡佛复兴热。出了几本有关的书，杂志出了特辑，脚本也出版了。还出了一本收录许多作家、朋友以及编辑的回忆文章的书，里边还收了我一篇文章。

远离卷心菜卷

我时不时碰见说这种话的人——“我经历的有趣事情足可以写成好几本小说”。回想起来，的确好像从为数相当不少的人口中听到与此大同小异的台词。旅居美国后尤其如此。这倒不是讲美国人这样说，而是住在美国的日本人时常这样说。我想或许真是那样。不管怎么说，离开母国在外国生活不是件容易事，肯定有各种各样令人激动的体验，向谁诉说和传达的心情想必也很强烈。

至于这些人日后能否实际写出小说，我当然无从知晓。不过每次听得这样的说法，我都深有所感：自己倒是已经写了不少小说，可在现实人生中几乎不曾经历过什么非常有趣的事情。当然啰，毕竟活了四十几年，若说一件有趣事也没有是说谎。也曾见过各种离奇古怪的人，也曾为命运的转折惊诧不已。既有回忆起来情不自禁咧开嘴角的开心事（内容恕不奉告），又有至今稍一想起就气不打一处来的遭遇。相当气急败坏、相当冲动的时候也是有的。不过如此程度的体验，我想任何人在生活当中都在所难免。能够说成“虽世界之大而有如此奇遇之人亦不为多”那样的事情，遗憾的是我的经验背囊里一件也掏不出。客观地看，假如我是根本没写过什么小说的人，又有人问我现在能否对别人说“我经历的有趣事情足可以写成好几本小说”，我想自己是不能说的，根本说不出来。而只能说：“虽然我以为自己的人生也算是有趣的，但老实说，并未有趣到能写出小说那个地步。”

不过，世上确实有不少人经历了颇难想象的有趣事情。我过去就特别喜欢听别人讲故事，时常逮住那样的人一听为快。倒也不是要用作小说素材，只是因为听起来开心。故事委实五花八门，有的令人惊愕，有的令人感叹，有的令人捧腹大笑，有的令人不寒而栗。听一晚上都听不够。人说事实比小说更离奇，确实如此。可是若说有如此奇遇之人定能写出堪可与之媲美的有趣小说，则未必写得出。当然，有非同寻常的丰富经历又写出非同寻常的有趣小说的杰克·伦敦型作家也是实有其例的，但在我迄今实际所见所闻范围内，毋宁说属于例外。

这只是我的个人意见——如果自己有过波澜壮阔的经历，那么在具体写作过程中，恐怕惟因其波澜壮阔，写的人将愈发为某种势不可遏的无奈感所俘虏。无论怎样努力都无法把当时活生生的感觉完全传达给别人的那种心理压力，对于当事者来说无疑是相当难以忍受的。我的经验也是同样：如果想如此这般写如此这般的东西的心情过于强烈，那么面对书桌时就很难想出词句。这同回想过于栩栩如生的梦境并把它讲给别人听时的焦躁感十分相似：无论怎样搜肠刮肚想把当时的感觉告诉别人，实际位于那里的东西已纷纷滑落，弃己而去。

与此相反，也有人虽然没有惊天动地的经历，却能以与众不同的视角，从一点小事中感觉出妙趣或哀愁，并浅显易懂地讲述给别人听。总的说来，我觉得这样的人更处于接近小说家的位置。

总之，我在实际人生旅途中没有经历过足以写成故事的事情。写出数不胜数的故事的约翰·欧文这样写道："假如我只写自己的亲身经历，那么读者大概看不到二十页就要睡过去。"我很理解他的心情。就我来说二十页都怕写不出来。可是世上一般人似乎以为小说家是以种种现实体验为基础写小说的。比如我刚写小说出版的时候，我周围的人陡然慌张起来。起初我不明白他们何以采取这样的态度，后来细听之下，才明白人家怕我以他们为原型写下一部小说。知道我不写那一类型小说之后，我们才算重归于好。

来美国后，我开始去很多所大学同美国学生交谈。也在大庭广众面前讲演过，不过较之郑重其事的讲演，我更喜欢去小班，用自己的话语同学生面对面畅所欲言。下课后有时大家一起去酒馆，喝着啤酒说说笑笑。这种时候，美国学生也好日本学生也好，都没什么两样。上课时在老师面前装模作样的学生也放松下来，眼神恢复了孩子气。

他们大体上是对日本文学或日语感兴趣的学生，多数人说自己有生以来第一次接触小说家，所以非常想知道小说家究竟是怎样一种生物，具体想什么，过怎样的生活。也可能其中有几个人自己也想写小说，因而渴望知道怎样才能写出小说，怎样才能成为小说家。

他们问的大多是以下三点：

（1） 上大学时你就想写什么了么?

（2） 第一本小说如何出版的?

（3） 写小说最需要的是什么?

当然我是极为个人化的小说家，不可能将自己这个例子扩展到整体进而告诉他们小说家是这样一种存在、小说应该这样写、要当小说家需这样做。即使那样告诉也没什么意义，但又不宜煞有介事地大讲冠冕堂皇的东西，所以只能具体以自己为例：“总之我是这么做的。”况且，较之头头是道的抽象理论和概念，他们也更喜欢这种可感可触的具体事实。

如此到处向学生“具体而生动地”讲述自己是如何成为小说家的时间里，我蓦然意识到自己当上小说家几乎算是侥幸，事后自己都感叹不已。

学生时代我的确想写点什么来着。具体说来是想写电影脚本。脚本写不成写小说也未尝不可，但首先是对电影感兴趣，所以才上了早稻田大学电影戏剧专业。可是中途觉得电影不适合自己，遂放弃了写脚本的愿望。既不晓得写什么，又不知道怎么写。打算写的素材和主题也没有，这样的人不可能写出电影脚本（或脚本以外的什么）。此乃自明之理。可是又喜欢看电影脚本，不上课也要每天去学校的戏剧博物馆闷头看古今东西的电影脚本。如今想来，的确获益匪浅。所以我觉得，写不出来的时候不勉强写也未尝不可这句话大概可以成为——或不能成为——我对想写什么的年轻人提的一个建议。

另外还告诉学生，我从大学出来，结了婚，开始工作（不，说倒了。先结婚和工作，然后才毕业）。在严酷现实生活的逼迫下，想自己写什么的念头早已忘去九霄云外。借款必须偿还，反正从早到晚像拉车的马一样——这么说也太没文学性了，纯属陈词滥调——闷头干个不停。一连干了七年。举个例子，我开的酒吧上卷心菜卷，一大早就要把一袋子元葱细细切碎，所以即使现在我也能在短时间内不流泪地迅速切好元葱，手真能动得又快又自然。

“你们可知道不流泪切元葱的诀窍？”我问学生。

“NO.”

“就是赶在流泪前快快切完。”（笑）

这么说起来，学生们的眼睛也兴奋得闪闪发光。大概和大学课堂上教的种类完全不同吧。此外也可能他们本身多少有些不安——往后自己会怎么样呢？有怎样的可能性呢？我也很理解他们的不安。我本身在二十岁左右的时候也不安来着，几乎惶惶不可终日。假如现在有仙人出现在这里说要把我送回二十岁那时候，我想我会拒绝："谢谢。现在这样挺好的。"这么说也许不合适：青春那东西一次足矣。

接着我讲起二十九岁那年忽然想写小说的事。春天一个午后去神宫球场看养乐多队对广岛队的棒球赛。歪在外场席上喝啤酒看希尔顿打二垒时，突然冒出一个念头：对了，写小说！这么着，我写起了小说。

我这么一说，学生们都一脸呆愣愣的神情："就是说……那场棒球赛有什么特殊因素不成？"

"不是的，那不过是个引子罢了。大概太阳光、啤酒味、二垒打的球向等很多因素恰好聚在一起，刺激了我身上的什么。总而言之……"我说，"我所需要的是确立自己这一存在的时间、是体验。不必是什么特殊体验，极其普通的体验也未尝不可。但那必须是深深沁入自己体内的体验。还是学生的时候我就想写什么，可是不知写什么好。需要长达十年的时间和艰苦的劳动来发现写什么好，大概。”

“如果四月那个午后不去球场，您今天会成为小说家吗？”

“Who knows（谁知道）？”

这种事究竟有谁知道呢？假如那个午后我不去球场，没准我永远不会写小说，度过没什么牢骚可发的人生。然而我到底在那个春天的午后去了神宫球场，歪在空空荡荡的外场席——当时的神宫确实人少——看了希尔顿往左打出一个漂亮的二垒，由此写出了《且听风吟》那本最初的小说。也许那是我人生当中不同寻常的事件。

“您认为同样的情况在任何人的一生中都会发生吗？”

“那我不知道。”我只能这样说，“不过我猜想，即使不完全一样，相似的事情也会在什么时候或多或少出现在每个人的人生中。各种各样事情一下子巧妙结合在一起那一富于启示性的瞬间迟早总会到来。至少，认为那样的事肯定会发生，可以让人活得开心些吧？”

不过另一方面，我的确从劳动当中学到了许多东西。几年前有一本名叫《人生所需要的东西都是从幼儿园沙坑里学得的》(*All I Really Need to Know I Learned in Kindergarten*)的书在美国大为畅销。就我来说，该说是“人生所需要的东西都是从自己开的酒吧里学得的”。学校诚然教了许许多多东西，但明确地说，那些东西对我写小说几乎没什么用。我倒不是说学校教育没有意义，但起码就我而言没怎么为上学感到庆幸。小时候母亲说不趁现在多学些东西，长大了要后悔的。当时我也觉得怕是那样，但至今仍未完全理解母亲那样讲到底是什么用意，因为我长大后一次也不曾为没多学些东西后悔过。我多多少少懂得人生的真实是在二十至三十岁之间的日日夜夜里，当时我的的确确起早贪黑从事体力劳动，反正就是动来动去干活，每个月拼死拼活还债，其他事不太考虑——想考虑也考虑不成。但在结果上成了再好不过的营养剂。对于我，劳动是最好的老师，是我“真正的大学”。

比如开酒吧，每天有很多客人来。但并非所有人都中意我这间酒吧，或者不如说中意的是少数。然而不可思议的是，即使十人中只有一两人中意你的酒吧，假如那一两个人真正中意你所做的事，乐意“下次再来这个店”，那么酒吧这东西也可以因此办得相当顺利。较之十人中有八九人认为“还不坏”，大部分人看不顺眼、而十人中有一两人真正中意反而更能带来好结果，这样的时候甚至也是有的。我干酒吧期间对这一点算是有切身感受，真可谓刻骨铭心。所以，作为一种生活感觉，至今我也坚信不疑：对于自己写的东西，哪怕有很多人说得一无是处，而十人中只要有一两人觉得正中下怀，那也就可以了。这样的体验成了我无比宝贵的财富。倘无此经验，那么要作为小说家活下去势必艰难得多，说不定会这个那个地打乱自己原有的节奏。一次把这话跟村上龙提起，村上龙感叹道：“春树真不简单！我嘛，若不是十人有十人说好就火蹿头顶。”不妨说这也正像是村上龙……我反倒佩服起来了。

非我自吹自擂——也没什么好自吹自擂的——我不是用脑袋思考的人。相对说来，我属于在实际运动身体当中思考的人，只能通过身体学东西和写东西。这大概是因为很多年月我是靠从早到晚实际干体力活维持生计的人。对我来说，所谓劳动只能是这么回事，所以至今都时时觉得自己在“文学世界”里是何等特殊的异类。我之所以长期离开日本生活，原因说不定就在于这种“异类感”。每天不跑步不游泳就干不顺利恐怕也是这个缘故。

关于写小说，我几乎没有什么可以“教”学生的。“反正只能实际这么活下去。如果你打心眼里真想写什么、想向别人传达什么，那么即使现在写不好，‘总能写出什么’那一天也迟早必定到来。在那一天到来之前，恐怕就只能像添砖加瓦的工匠那样一点一滴积累现实体验。比如……对了，拼命谈恋爱什么的。”我这么一说，有人接口说“这个我好像也能做到”，大家笑了起来。又有人说“万一那一天不巧来不了可如何是好？”几个人又笑了。

那种时候，我就毫不迟疑地引用奥森·威尔斯（Orson Welles）《公民凯恩》（Citizen Kane）中声学教师那句尖刻的台词：“Some people can sing，others can't.[1]”

有生以来第一次写小说并获得《群像》[2]新人奖时，我对大家说：“其实最近我才写小说，结果拿了《群像》新人奖。”周围人听

1 意为“有些人能唱歌，别的人不能。”

2 《群像》：日本著名的文学杂志。

了几乎没有一个相信，都好像以为我开玩笑。我相信其中几个人至今都对我被称为小说家怀有很深的疑念，大概因为我看上去不像写小说的人吧。

那些日子远远离去了，日本远远离去了，卷心菜卷远远离去了。重新回首自己的人生时，我每每觉得“令人激动的体验”有也罢没有也罢，生存这一行为在本质上都是极其离奇的。

真的离奇。

后日附记

写这篇稿子时，新闻里说养乐多打败西武狮获得日本循环赛冠军，相隔十五年重夺日本第一。如此说来，我写第一本小说《且听风吟》是养乐多上次获胜那年，我跑去神宫球场，以不习惯的手势一个劲地填稿纸方格。养乐多棒球队成立二十九年来第一次夺冠，我也正好二十九岁。岁月的流逝真是快。

十五年前就在打球而现在仍然在打球的，恐怕也就是角、八重樫、杉浦这三个人了吧。我没怎么待在日本，离职业棒球越来越远，老实说，后来的选手不大清楚了。特别是投手，几乎没见过长什么样的。因此，虽说夺冠，一下子也兴奋不起来。同选手的名字相比，表上排列的教练名字更让人动情。伊势、梶间、若松、安田、福富、小田、浅野、水谷、涩井……名字都很亲切，都还身穿 SWALLOWS 球服在指导新人——虽然让我觉得他们大概是改行也改不了，只好干教练这老营生。不过那个希尔顿在哪里干什么呢？我还珍藏着在广尾的明治屋前讨来的他的签名。

从布克兄弟到 POWER BOOK

旅居美国之后叫我稍感意外的事情之一，就是在街上东游西逛时也没有特别想买的东西。不知什么缘故，看橱窗也看不出引起占有欲的东西。而我认为自己的物欲近来并未急剧减退。在意大利居住的时候，只要离开家门一步，物欲简直就像鼯鼠一样“呼啦啦”从天外飞来，紧紧贴在背上，在耳边嘀咕着“买呀买呀再买呀”(不知为什么，我认为罗马这地方很适合用大阪方言，确切根据我也道不出），死活不肯离开。这么着，手里的钱不知不觉就不见了。而在美国很难找到想买的东西。本来可以不多花钱，不该发什么牢骚，可我偏偏就像被狐狸迷住了似的，硬是不开窍。

回想起来，过去决不是这样的。虽说是过去，也不必追溯到五六十年代——那时以为美国这个国家是个大宝库，甚至每个角落都堆满了自己想要的东西——即使十年前来美国的时候，记得上街一走也有很多想买回去的东西，只是考虑到钱包或重量才勉强忍住不买。

以服装来说，布克兄弟、保罗·斯图尔特、普莱诗——只要一进这种店，心里就喜不自胜。作为清一色穿 VAN 夹克送走青少年时代的一代人，仅看一眼这些地道常春藤联盟专用服饰店的品牌标志都觉得心怦怦跳，实际上也曾一口气买了许多回来。第一次去美国，走进波士顿布克兄弟店挑衬衫时，是一位身穿笔挺的布克西装的年老店员接待我的。此人的英语新英格兰味十足，较之服装商店员工，更像是哈佛大学教授。记得虽说是夏天，但以一身轻便服装——T 恤加脏运动鞋——进店的我还是深感惶恐，心里不禁大感钦服：到底是原产地厉害，和日本西服店的伙计就是不一样。

遗憾的是，如今即使进纽约或波士顿的布克兄弟店也根本找不到想买的东西。款式也好布料也好，大概都和过去没什么两样，但看上去总好像不如过去那般流光溢彩。究其原因，一来也许是整个时代潮流所使然，二来可能由于我在意大利生活了几年，每天每日都在目睹多姿多彩令人兴奋的当地服装。不管怎样，这类东部的老字号服装店已经显得有些呆板沉闷了。当然，这纯属个人喜好领域里的问题，很难从客观角度加以断定。如果有人指责我说得不对，而说现在也有不少人认为美国传统服装新鲜亮丽独领风骚，那也毫不奇怪。我也并不是要攻击那类服装，或要拖喜欢它的人的后腿。不用说，人有自由穿自己喜欢服装的权利。我不过是从个人角度把自己的感受写成文章而已。 Don’ t take it personal. [1]

不过坦率说来，美国的年轻人基本上不穿此类衣服。我现在属于所谓“东部常春藤联盟”的大学，在六十年代常春藤风格一代人的眼里犹如麦加圣地。可是实际生活起来往四周一看，这里的学生的穿着全都一塌糊涂。松松垮垮的 T 恤加一条牛仔裤，没有裤线的粗布裤，大约一年没洗的运动鞋——就这副打扮在地上横躺竖卧。女孩也不化妆，头发只是随便往下一披，或扎个马尾辫。几乎没有人扮俏，或者不如说不讲究穿着倒像成了一种时髦，那意思像是在说忙着学习和运动，没闲工夫为衣装那种多余之物分心（从旁边看

1　意为“别往心里去”。

来也的确像是忙得令人不忍）。若把他们领进学生们无不打扮得漂漂亮亮整整齐齐的日本大学校园，笃定惨遭周围冷眼。倒不是信奉“清贫的思想”，只是在这样的环境里生活起来，横竖上不来想买新衣服的兴致，顶多偶尔在“GAP”或“香蕉共和国”等面向年轻人的休闲服装店买件T恤和短裤之类。

这样，来美国后几乎没在衣服方面花钱。而住在意大利的时候，由于街上男女老少全都精心打扮，争奇斗艳，我也相应地跟着注意起衣着来了，搭配衣服的颜色，习惯性地考虑“今天去哪里、哪里该穿什么什么衣服”。有句格言说“在罗马就要像罗马人”，的确如此。可是来到美国就无从提起了，几乎不考虑什么衣着，每天只要悠悠然把放在那里的东西适当穿上一件即可。不过说老实话，再没有比这更开心的了。我这人本来就怕麻烦，同这样的生活一拍即合。

去年因为工作关系，我落到无论如何得买西装的地步。去纽约转了好多家店，折腾到最后还是买了意大利牌子（再没有比买西装更麻烦的事了。纯属消耗时间。或许世界上也有乐此不疲之人）。好容易来一次美国，本想买美国货，不料实际到店里一看一试，总觉得不可心。不知什么缘故，就是不肯同身体亲和在一起，总觉得有些憋屈——以前没这种情况来着。说起来，我这人一年只穿一两次西装，如此自作聪明地挑三拣四，我也觉得很不应该……

Fashion（时髦）这东西也真是有趣。迈尔斯·戴维斯在五十年代到六十年代前半期非布克兄弟不穿，如今想来，感觉上真可谓不伦不类。当时，布克传统西装成了他最 hip（潇洒）的时髦打扮。迈尔斯登上爵士乐舞台的四十年代正值比波普（hebop）全盛期，演奏爵士乐的人全都身穿花花绿绿的西装，吹吹打打热火朝天。那里边唯独迈尔斯一人身穿 hip 的布克西装，以冷静的声调吹奏小号。作为知识中产阶级家庭子弟在优裕环境中长大的迈尔斯，无论如何也忍受不了俗不可耐的奇装异服。身边一伙人对他多少有些敬而远之。不久，比波普江河日下，酷派爵士乐（Cool Jazz）代之兴起，继而迎来新一代创造的硬波普（hard bop）的鼎盛时代。而这时迈尔斯无论在演奏上还是在服装上都绝对成了主流。也许因为这个缘故，五十年代也不限于迈尔斯，几乎所有爵士乐手都一副英姿飒爽的“常春藤”打扮。无垫肩上衣、三扣衬衣、扣领衬衣、光闪闪的科尔多瓦皮鞋……说实话，高中时代每当我看见花样翻新的爵士乐唱片封套，就不由一阵心跳：原来衣服是可以这样穿的啊！看迈尔斯·戴维斯的自传《迈尔斯》，不难得知他曾经对布克兄弟服装怀有多大的憧憬和激情。他年轻时候的偶像是弗雷德·阿斯泰尔[1]（Fred Astaire）和加里·格兰特[2]（Cary Grant），曾经梦见自己身穿两人那样的衣服。这倒很有意思。

一种服装风格（小说风格也是同样）不是靠理论、道理和宣传普及开来的。只有人们亲眼看到“实例”并且心悦诚服——噢，原来衣服可以这样穿；噢，原来文章可以这样写——才会在世间广为传播。就像迈尔斯在电影院银幕上看见加里·格兰特这个“实例”或别的主人公而决心自己也如法炮制一样，五十年代的年轻爵士乐手们也是在目睹迈尔斯这个光辉“实例”之后才开始穿那种服装的。

以政治家为例，六十年代约翰·肯尼迪和罗伯特·肯尼迪等人

1 弗雷德·阿斯泰尔：美国电影演员（1899—1987）。曾主演《狗王擒贼王》等。

2 加里·格兰特：美国电影演员（1904—1986）。曾主演《美人计》等。

的衣装，在同西装之类暂且无缘的十几岁的我的眼里简直潇洒得心惊肉跳。如今想来，其中似乎有一种超越“穿衣服”这一单纯物理行为的更深更重的什么，里面的气味和手感具有穿越空间迎面逼来的冲击力，而那大约就是 American Establishment（美国体制）自然而然带有的强烈自信。

以电影来说，我在高中时代看了十遍保罗·纽曼[1]的《地狱先锋》(Harper)。杰克·斯迈特（Jack Smight）导演的这部电影，作品本身也别具一格，应该列入我所喜欢的十佳电影名单。不过我之所以反反复复看这部电影，其实是为了看保罗·纽曼穿的衣服。那时候我对保罗·纽曼的穿着入迷得如醉如痴。遗憾的是那时候还不存在录像带这便利玩意儿，当然只能跑电影院。记得电影中保罗·纽曼穿的是带有西海岸韵味的约略休闲的传统上装，其轻快潇洒的风度同电影气氛相映生辉，令人心驰神往。虽说穿着没什么特别之处，但当时保罗·纽曼这种空气般漫不经心的“考究”委实超凡脱俗，夹克的每一颗钮扣、太阳镜的每一种戴法都显得妙造

1 保罗·纽曼：美国电影演员（1925— ）。曾主演《圣处女》等。

自然。

可是——这也不过是我个人之见——就衣服的穿法、风度这一观点来说，最近的美国似乎已找不到具有往日那种魔力的“英雄”了。不但音乐和电影，政治家尤其如此。布什倒也罢了，本来就古板（square），一股陈腐味儿。不料时下年轻的比尔·克林顿也那副德性。西装倒好像蛮高级，可就是给人一种“被衣服穿”的感觉。当然喽，就算衣服穿得不三不四，也不至于给他作为政治家的职务带来什么不利影响。不过，想起约翰·肯尼迪的风度竟能使那个坂本九[1]的发型为之一变，想起那无风海涛般的传播力，还是多少为之怅然。归根结底，正如美国火车头的乏力直接象征美国经济的地位下降一样，美式服装、着装风格影响力的衰退，恐怕也同美国社会体制自信的衰退有直接关系……也许这样下结论有些牵强附会。

衣服说得太长了，还是回到在美国找不到什么可买之物上面来

1 坂本九：日本著名歌手，常去欧美演出。死于空难。

吧。我逐一回想在这里生活两年半时间里到底都买了什么，结果真的没买了不得的东西。买了几件家具，桌子、椅子、书架之类。我现在住的房子原本是大学教授职员用的，配家具住宅，用不着买多少东西，只是根据需要补充一点，无非减价期间在附近家具店买的或在二手家具店买的能凑合着用的东西，一半是宜家（挪威进口……在美国都称为 IKEA）。

汽车前面也写了，买了一辆德国生产的大众。音响装置买了小的天龙，电视买了索尼，录像机买了夏普，这些都是日本造。唱机买了 B & O（丹麦造），耳机为德国造。台灯为意大利造。微波炉为松下，咖啡研磨机为德国造。AT & T 传真机以为是美国造，背后却写着 MADE IN JAPAN。熨斗是德国造。

那么，美国产品究竟在哪里呢？睁大眼珠子找了半天，总算找到一辆自行车。尽管部分使用了日本零件，但美国零件占绝大多数。此外就是小玩意了：手帐、钱夹。是在附近一家 COACH 的店里买的。体重秤也应该是美国造。但打量四周，眼睛看到的 MADE IN AMERICA 也就这么多了。如此看来，就算再经济全球化（globalization），美国经济也怕是多少存在问题的——连我这个相当不懂经济的人都这样想。

写到这里，猛然想起我买过一个大件美国产品。这可以说是灯下黑吧，此刻就在手头上的苹果笔记本电脑 POWER BOOK 160/80 即是。这是在学校电子计算机中心花两千两百美元买的，是我在美国买的东西里面仅次于汽车的高价物品。不过听说在日本买几乎还要贵一倍，需要更换基础软件才能开通日文打字功能。说麻烦是有点麻烦，但只要解决这点，别无任何问题。如今经济格局犬牙交错，这台苹果电脑是否里里外外纯是美国产品，对此我还有所怀疑。不过我想不妨看作 MADE IN AMERICA。作为产品相当出色，而且便宜，起码比过去便宜得难以置信。即使在美国也是热门货。

这么着，近来我就用这新电脑写作。程序还不很熟悉，要记的东西非常之多，所以仅就写文章这项作业来说，还是原来的——或者说旧的——电子打字机更为简单好用。但现在离开日本生活，我的工作就是写东西，必须考虑保管和存取原稿，所以今后使用电脑也是势所必然的了。

不过回想起来，六年前写《挪威的森林》时，是用自来水笔或水性圆珠笔在大学笔记本的格子里“吭哧吭哧”填个不休的。当时也在欧洲各地转来转去，着实担心写出的原稿丢失。毕竟是长篇，又是乘兴而写，一旦丢失，重写几乎是不可能的，只有哭的份。外出散步时也生怕房间失火，原稿化为灰烬。在饭馆吃饭听到外面消防车笛声也吓得要死要活。在当时的雅典和罗马，复印大量原稿比登天还难（如今多少好一些了？），而保管所有的复印稿也非易事。如今转眼之间就能存进磁盘，在邮局寄走，让对方保管，对出版社来说这样也是再方便不过的。直到前不久（仅仅六年前）还用普通笔在普通纸上写普通字，并对此无任何怀疑——想到这点，实在为变化之快惊讶不已。不过细想之下，也不光我，差不多所有日本人都在明治维新以来一百多年时间里持续“用钢笔或铅笔写字”，对这一行为也没有什么疑问。

常有人问：“改用电子打字机或电脑之后行文风格会发生变化吗？”坦率地说，我也不太清楚。因为，即使手拿笔写的时候，行文风格也是经常变化的。当然，五六年来我的风格我想也有不小的变化，但风格变化本身对于我莫如说是理所当然的事。至于何种程度上同电子器材有关、何种程度上无关，我也无从判断，一如回答不好“由圆珠笔改用自来水笔是否会带来行文风格的改变”的提问一样。所以，被人这么一问，老实说有点儿“又来了”那样的厌烦感。

但是有一点可以断言：夏目漱石、谷崎润一郎和三岛由纪夫的文章或者吉行淳之介（吉行先生还在写作[1]，不好确定）的文章是用电子打字机、电脑所写不出来的——或者说写出来十分不容易。在这个意义上，由于近年出现的记载工具革命，日语难免经历一次“软件更换”或被重新认证。这不是好坏的问题，也不是承认不承认的问题，而是像冷战体制瓦解和农业人口减少一样，只是“就在那里”的现实。请不要因此指责我。Don't take it personal.

后日附记

后来更需要电脑了，就买了苹果LCⅢ。又要显示屏又要激光打印机，好一场折腾。以前只要有笔、原稿纸和纸壳箱就够了，无论在哪里都能兴

1 于1994年7月去世。

冲冲做事，而现在则必须有一大堆行李。不久的将来，没准写小说还必须有大口径功率放大器和重量级发射机呢。

我倒是一无所知，原来COACH即使在日本也似乎是名闻遐迩的品牌。日前去哈佛广场一家鞋店，店员问我："日本游客一来这里就嘟囔着要COACH、COACH，COACH在日本就那么有名么?"如此说来，波士顿市中心的科普利广场的Coach Shop的店员对美国顾客笑容可掬，而对日本人却高傲得不可一世，活像对待猴子。我不知内情，心想这家商店态度委实恶劣至极（这本书的责任编辑木下阳子［虚拟名］也在那里遭遇同样场景，并非我一人的误会）。而相比之下，普林斯顿的Coach Shop不但品种齐全，而且态度极好。我在此买了一九九四年度手帐的替换纸——倒是觉得替换纸就要十二美元未免赚过头了。

“金字塔”景观

以前写过一篇东西，说自己高中时代没好好用功。一个读者来信抗议或者说质问道：“你村上应该是早稻田毕业的。不用功怎么能考上早稻田大学呢？请不要撒谎才好！”看完信我大为感叹：难怪啊，世道已经这个样子了！不管怎样，倘若我这个说法伤害了谁，我是觉得很抱歉的。我写东西时总是注意尽可能不让别人不快，但世界这么大，无论写什么、无论怎么写，都好像必有人受到伤害或为之气恼。尤其在上大学方面，很多人都很认真很敏感（Sensitive），而我竟老是忘记这一事实。

不过说自己高中时代没好好用功决非撒谎。上高中期间，差不多天天打麻将（最糟糕的类型——水平差却喜欢玩），同女孩游逛，泡爵士乐酒吧，一场接一场看电影。还吸烟，经常逃课。由于大体随大流没被甩下，所以成绩不算很差，但记忆中的确没怎么用功过。一直忙着玩耍，也玩得开心。课堂上基本是看小说。时至今日我也不愿意大书特书这类往事，问题是别人不信任我不好办，只好大致解释一下。

那么我为什么还考上早稻田了呢？原因非常简单：当时的早稻田大学特别是文学院和现在不同，没那么难考。这么说或许不大合适，看一看从我所在的高中上早稻田的那伙人就知道了：头脑聪明学业优异的人一个也找不出。总的说来……算了算了。念到大学四年级的时候，一半是为了找工作，我去见电视台里的人，不料对方冷冷说道："对不起，早稻田的没有办法。"我不由有些愕然，如此以所上大学简单看人真是岂有此理——那时候我还天真地相信媒体相关产业风气更为自由呢。但另一方面未尝不能理解：人家真那样看自己，或许真是那样吧。也想大声吼上两句：重要的不是上哪所大学，而是学什么和怎么学！可是由于自己上大学后比高中时代还不用功，这种话没法出口。

非我辩解，我过去就有一种糟糕倾向：很难沉下心来对待别人所交给的任务。从上小学到大学毕业，这种倾向好像一直妨碍我的学业。说痛快点儿，就是对不想干和不感兴趣的事情怎么也干不来。一句话，就是“任性”，或许。但另一方面，对于想干的事和感兴趣的事则排除万难一意孤行。这样的性格——我是指在工作方面——至今没有明显改变，或者不如说比以前还系统化了。老婆常说我“好一种讨人嫌的性格”。她一件接一件做事，开始做的时候非常入迷，却很快降温，因而看见我这样子甚是来气，不由得想用什么（例如餐叉、圆珠笔尖什么的）从身后扎我一下。可我天生如此，有什么办法呢！还是不要扎我为好。

当上作家最令人欢喜的，是想干什么就能干什么。当然，成为专业作家之后迫于生计违心做事的时候也是有的，但那只要在生活上调整一下即可。再没有比这种活法更适合我的了。开始几年这个那个失误不少，后来眼睛慢慢适应了，文笔生活得以自成体系。体系的根本思想——前面也说了——可以一言蔽之为“以自己的步调干自己想干的事”。毕竟我是为了做自己想做的事才不从属于任何团体的专业作家，不干不想干的事自是理所当然。或许有人说你村上写了畅销书，自然可以那样随心所欲，一般人却无论如何也不可能想怎样就怎样（类似的说法在日本时实在领教够了，在美国却不知何故一次也没遇到），但我不那么认为。莫如说这是基本性格问题。从书还不太好卖那时候起到现在，我一直是这么做过来的。可是不用说，这种有欠协调的态度有时会在周围引起意外的风波。对于连老婆都恨不得从背后扎一下的人，这恐怕也是奈何不得的事。

不过，初高中时代我虽然不很用功，也只是父母嘟囔几句，周围并未因此发生什么风波，为之气恼的人当然也没有，人格上我没有值得非议之处，所以也才能坦然做自己想做的事。有时间就看文学书籍。其结果，就算不特别用功，语文成绩也不坏。就英语来说，由于一上高中就以自己的方式找平装英文书看，对英文阅读本身是有自信的。但因为未注意除此之外的细小的学习窍门，所以英语成绩并不理想，记得也就是中等偏上一点点。如果知道我现在搞了不少翻译，当时的英语老师想必为之纳闷。

社会课程方面世界史最拿手。这是因为，从上初中时我就反复看——真可谓十遍二十遍——中央公论社出版的全套《世界的历史》。记得上面有句广告词说“比小说还有趣”，这并非言过其实，实际上读起来也引人入胜。读的过程中自然而然记住了世界史的主要事项，无需过于用功。历史这东西，只要头脑里有其前后左右的粗线条关系图，就能猜出十之八九。考试前只要死记硬背几个年号、人名等细节，即可大体OK。也许是我个人口味的关系，那家出版社出的《日本的历史》我就不认为有趣得值得熟读几十遍。

这样，因为早稻田当时——今天如何我不晓得——只考三科，所以我估计如果选考语文、英语、世界史，即使不怎么费力也应该能考上。补习班和预备学校一次也没去。那时候还没有升学率那玩意儿，数字性的事实不清楚，不过依我的判断，早稻田大学（至少文学院），凭我这种程度的马马虎虎“喜欢什么学什么”的学习是能够顺利进去的。常听人说近来上早稻田也难起来了，今非昔比，文学院都很严格。我听了是不大明白。虽然听说升学率同东京大学差不多，但因为我脑袋里不存在升学率这一概念，压根上不来实感。何况，就算我在时的早稻田大学有什么好的地方，也不外乎能让我这样“想干什么就干什么”的学生轻轻松松入学。至于没了那种“轻轻松松”气氛的早稻田大学另有什么美妙，我却是稀里糊涂。说起来，早稻田大学再怎么变，跟二十多年前毕业的我也没什么关系。我连《都之西北》[1]那首歌都没唱过。

尽管如此，因为父母希望我考上国立大学，我还是打算努把力，花一年时间把讨厌的数学和生物努力塞入脑袋。但进展不出所料地不顺，结果是在芦屋市立图书馆的阅览室里迷迷糊糊打盹，白白浪费了一年时光。不擅长的事是勉强不得的，必须在力所能及的时候做力所能及的事，这是个宝贵教训。

以上算是我对于自己没好好用功就在一九六八年轻轻松松考上早稻田大学一事的大致解释。不过如此解释说不定更是火上浇油，没准什么地方又有人来信大发脾气：“我拼死拼活学习，那年也没考上早稻田！别再卖弄了好不好！”若这么说，作为我也还是只能说声对不起。但说句实在话，您大可不必对这种事耿耿于怀。考试那东西有人适合有人不适合，又有运气又有势之所趋，况且充其量不就是个上大学么……不过，这个“充其量”也可能惹得世上很多人心情不悦。想到这里，我也未尝不觉得痛心。

---

1 《都之西北》：早稻田大学校歌。

普林斯顿大学里有不少日本政府和公司派来学习的人。时间大体一年，这期间由公司或政府支付相当于经费的薪金。这当然是赋予在政府机关或公司内属于精英分子的一种特权性质的东西。我因忙于自己的事，交际范围不出狭小的东方系圈子，很少有同那些人见面交谈的机会。不过听几个人说，这种“派遣帮”内部也因毕业的学校、所在的公司以及官职而产生了金字塔形的等级制度。情形似乎是把在日本时的职位和学历几乎原样搬来这里。常听人说“我是……大学，而大家都是东大出来的，感到很没面子。”我也曾（不是在普林斯顿）窥见过此类的“金字塔”景观。事不关己，或许不该由我评头品足。不过坦率地说，并非是让人看了开心的场景。

您别误解，我也不是说所有人都被缠在这种移植性日本社会的网眼上，也有很多人像常人那样欢度异国生活。但确实有人彻底无可救药。而且不知为什么，那些人大多属于“超级精英”——见面大致寒暄完毕，下一瞬间就滔滔不绝地讲起大学统考那次自己得了多少多少分。说起来我等考大学时还没有什么统考，被他一开口就提这个，根本摸不着头脑。而更让人莫名其妙的是以统考分数代替自我介绍之人的神经。脑袋里到底装的什么呢？想到这种人作为精英官僚在日本横行霸道耀武扬威（来美国都够耀武扬威的），觉得事情真有点不可掉以轻心了。

一次跟在普林斯顿学习的日本女生说起来，对方说道：“啊，这种事多着哩，不稀奇，上次我就见过一个。”据她介绍，从纽约坐电气列车回来的路上，偏巧同一个日本男子坐在一起，是个派遣帮官员，没完没了地说什么“我是××省××科长助理（或其他什么），高考统考得了××分”。女生觉得此人神经有问题，没正经搭理，结果对方气恼起来，悻悻地甩下一句话坐到别处去了。“那些人到底想的什么呢？真是！”她也目瞪口呆。真不晓得他们想的什么。好容易离开日本来到外国，本该作为不戴面具的人一起畅所欲言才是！我猜想，“统考”啦“××省”啦“××科长助理”啦已经作为遗传因子（factor）无可分割地嵌入那些人的自我或同一性（identity）或世界观或呼吸器官消化器官之中，接受什么新事物也好，同谁接触也好，都要从这繁琐至极的过滤器中通过，否则就有可能发生致命的过敏反应。对他们来说，这种金字塔式的等级制度具有至关重要的价值，因而无法理解世上有相当多的人在与此无关的情况下生活。看来，这种错位之中将有许许多多悲剧性派生出来。

当然不是说政府派来美国的人统统这副德性。我所遇到的人中也有不算个别的随和风趣之人，也曾同认真学习、令人愉快的人相识。地道的人终究是地道的。我不喜欢对人一概而论。不过不客气地说，有点儿怪的人蛮多也是事实。这并非我一个人的偏见，而是多数“普通人”的共识。我有个建议：那些人不要派到美国一流大学来，让他们打扫一年自己所在的办公楼如何？或者让他们在偏僻地方参加志愿者服务队也可以。这对日本绝对有益。

也不限于政府机关，在一流企业工作的人里边，也有不少相当成问题的。我就好几次遇见令我这样想的人——休想让我同这等家伙工作的公司打交道（例如休想让我坐这种航空公司的飞机，休想让我看这种报社的报刊）。有的人毕竟在一般公司工作，不像纯粹的“统考高分人物”那样出格离谱，但还是一副目中无人的样子，令人费解。为什么不晓得，总之在外国这种倾向似乎尤其明显。不知是公司专门挑如此人物派遣，还是来外国后自我膨胀的。但从经验来说，多少“小些”的公司的人这种倾向较为少见。公司越大越有名，这种不无不妙之感的人越多。

如果说我有什么出国之后才看明白、而在日本时没看明白的事情，那就是“日本是一个超出我的想象的精英们趾高气扬的国家”。对此我多少有些惊讶，或者莫如说是震动。较之自身的个人价值，此类人对自己所属公司或政府机关的名称以至自己的统考分数远为正正经经地看重，甚至直接以此作为自身的个人价值。这一事实也让我感到深深的惊愕。而在去外国生活之前，我不甚知晓竟存在着一个由如此特殊的价值观支撑的世界。听倒是听人说过，但未实际目睹是全然上不来具体感受的。

回想起来，住在日本的时候我好像没同人称“精英”的人物打过交道。没有那样的机会，也没有必要。想不到来到外国之后，同如此“精英”们接触的机会至少比在日本时多得多了。这是因为，住在外国的日本人本来绝对数就少，加之“精英（准精英）”和“穷人（准穷人）”这两极分化相当明显。一般来说，精英们乃公司和政府机关派遣来的人，穷人乃自己设法谋生之人。不难想见，精英们同精英们抱成一团，穷人们和穷人们凑在一起，两个层面很少混淆。总的说来，我所交往的大多接近后者。但由于缺少中间层，觉得精英层人士无论如何都比在日本时显而易见，并且半是诧异半是心领神会：原来是这帮人在操纵日本！也许对方也有类似感想：原来是这样一个傻瓜作家在愚弄无知平民！

来美国不久我就看了当时正畅销的迈克尔·克莱顿（Michael Crichton）的《旭日追凶》（Rising Sun）。小说确实写得不错，但作为克莱顿的小说（其实我是此人的忠实读者），结构未免缺乏纵深感。一般情况下他是能够提供更令读者“信服”的故事的，而此书却不到火候。原因一是理发匠式的清谈过多，二是人物设计过于模式化，致使故事的整体感染力相形见绌——这是我对于此书的个人意见。书中出现的日本贸易公司的精英职员给人的感觉就好像是从印刷品上直接裁剪下来的，形象描写呆板，缺少真情实感，现实当中无论如何不至于有如此人物。美国人问及读后感时我就是这样回答的。但后来亲眼看到了日本社会颇成问题的超级精英之后，觉得克莱顿描写的莫如说是正确的，甚至怀疑自己对现实的认识出了偏差。想到这里，不由心中黯然。

不过，地道的人总是地道的，只不过我是在下雪的早晨看见一只黑兔而已——但愿事情是这个样子。

后日附记

在美国生活起来，到底怀念日本的饭菜，心想下次回日本一定这个那个大吃特吃。想着想着，脑海里竟奇异地浮现出早稻田大学学生食堂的套餐，暗想一边看《产经体育》一边大吃大嚼大碗盖浇饭（即A套餐）该有多么痛快。而意识到这点时不由打了个寒战，因为根本没有痛快的记忆。我家太太说文学院学生互助会小食堂里的“日式煎饼”挺好吃，不知现在还有没有。

再见了　普林斯顿

这“再见了普林斯顿”，听起来好像《拉包尔[1]小调》，其实不是那么神乎其神的东西，无非搬家而已。但终究是在风俗习惯和语言都不同的异国他乡收拾行李搬家，比一般搬家多了不少麻烦。此刻倒是在马萨诸塞的新住所工作间里写这篇稿子，但毕竟天气热，行李打开还没收拾，保险啦银行啦政府啦等等的手续堆积如山，又要写迁居通知，老实说，累得一塌糊涂。在美国，换了个州很多事情都得一一重新做起，比在日本搬迁麻烦得多。累人。短时间里再不想搬什么家了，瞧见纸壳箱都讨厌。话虽这么说，几年后说不定又要商量搬去哪里了。总之搬家是件可怕的事。伯特·巴卡拉克（Burt Barcharach）[2]有一首歌唱道：“再不恋爱了，至少忍到明天。”在这个意义上，或许可以说搬家和恋爱差不多。非我自吹，我的搬家次数比恋爱多，有人追问起来还真不大好说。

普林斯顿大学住起来惬意无比，以致磨磨蹭蹭住了两年半。我的资格最初是访问学者（visiting scholar），持续了一年半（一般一年为期，可申请延长半年）。后来变为访问讲师（visiting lecturer）这个没怎么听说过的资格。得到这个头衔可以延长逗留期间，但必须给一个班上课。上课自有收入——这是我有生以来第一次领得的工资——有了为学校干活这个正当的名分，延期遂成可能。若上两次课，即可成为访问教授（visiting professer），但这就有点负担过重，因为我不是为当老师才来美国的。这样，我每星期以研究生院的学生为对象上一次讨论课。我最不擅长教别人什么，当然也没取得教师资格，连家庭教师都从没当过，而来外国却做起了这般神乎其神的事——能否胜任当然是个疑问。好在当地似乎不大重视资格和经验什么的。教现代日本文学的霍赛亚——亦是我的酒友——请了一年 Sabbatical（长期休假）离开普林斯顿，因此我的任教也有填

1 拉包尔：巴布亚新几内亚的港口城市，二战期间是美军和日军反复争夺的要地。

2 巴恰拉克：美国作曲家、钢琴演奏家（1928— ）。

空补缺之意。按理应该使用英语，但以我的英语水平，面对研究生谈论文学未免有点儿那个，只好用日语讲。若是三十几岁，我也当痛下决心，争取在这里把英语弄成成品。可我毕竟四十好多了，把所剩无多的年月和精力用在自己本职工作以外的方面太吃力。遗憾。

作为讨论课的主题，我选了“第三新人”[1]。教材从五十年代后半期至六十年代前半期的作品中选。这是因为我以前就对被如此归类的作家的作品有相当浓厚的兴趣。坦率地说，近代也好现代也好，大凡日本作家的作品我都没怎么读过。不过仔细想来，吉行淳之介、庄野润三、小岛信夫、安冈章太郎、远藤周作等人的作品——我是说就我来说——还算读得比较热心的。绝大部分是我当上小说家之后认真读的，也有小部分在那以前就读过。庄野润三的《游泳池畔小景》《静物》和小岛信夫的《美国学校》是学生时代读的，印象很深，是对我而言的少数不错的日本小说之一。为什么同第一次、第二次战后派相比，我更被一般称为“私小说”的这些

1 “第三新人”：1952—1957 年间登上日本文坛、获得芥川奖的一批日本作家。

人的小说（抱歉，尽管我是“私小说”过敏）所吸引呢？此乃讨论课上我的个人课题。我决定借此大好机会系统探讨一下这个一向在我心头挥之不去的疑问。

在这里写起结论来就太长了，还是另找场合详细介绍吧。不过一学期每星期同学生面对面讨论一次（一次三小时！），对我本身也是有意义的开心事。在用具体话语将自己所思所感浅显易懂地讲述出来或在黑板上画图解释或就细节争论的过程中，有不少时候得以对自己过去不甚了了的问题恍然大悟，或者得到了他们提出的意见和疑问的启发——原来也可以这么看这么想！总的说来，我不是学究型人物，对于作为学问的文学几乎没有兴致，认为文学这东西归根结底属于个体活动且是无法解析之物，因此对这种集体讨论究竟有何意义多少有些担心。但随着次数的增多，上课渐渐有趣起来。

每星期读两个短篇或一部长篇，以江藤淳的《成熟与失落》为辅助教材。因是用日语读用日语讨论，所以我想每星期一个短篇就差不多可以了，一开始也是这么做的。不料研究生们嫌量少，要求增加阅读量，以致安排得这么紧张。对学生们尤其是美国学生来说，我觉得这是相当困难的。但他们的确都很努力，令人佩服，甚至想对他们说：“喂喂，这么用功受得了么？”总之美国学生十分刻苦，这对于教的人倒是高兴事。

粗略说来（因为有的部分很难明确区分），上讨论课的有五名美国学生、五名日本学生。日本学生不是东方文学专业的，而来自其他系。两个美国研究生用日语在四百格原稿纸上写了很长的期末论文（对这样的努力必须给 A 才是）。看学生在论文中所选的教材文本，数量最多的是庄野润三的《静物》，其次是安冈章太郎的《坏伙伴》和《海边风景》。估计是因为这两人的作品对于美国年轻学生来说比较容易理解和论述。小岛信夫在讨论的时候最为热烈，但也许因为难以驾驭，几乎没人写他的作品。

一个美国学生论述了吉行淳之介的《树树皆绿？》。上课时我并没有提及这篇作品，但因为交待的条件是大凡“第三新人”之作的哪个都可以，所以只能 OK。伤脑筋的是我是很早很早以前看的这篇作品，内容几乎全不记得了。学校图书馆里有吉行淳之介全集，遗憾的是收有《树树皆绿？》那卷已经借出。于是我给那个叫尼克的学生（此人颇不寻常，边搞摇滚乐队边研究日本文学）打电话，对他说我手头没书，如果他有请借看一下。“啊，其实我看的是英译本。英译本我倒是有……”这么着，我只得看吉行君这个短篇的英译本，因为不看没办法打分。不过细想之下，毕竟是给看这篇小说英译本的学生用英语写的论文打分，我看英译本或许更是顺理成章的选择。事情也真够说不清的。

实际阅读起来，发现《树树皆绿？》的英文版翻译得相当认真和地道。粗读之间觉得翻译效果应在“无可挑剔”线上。但翻译这东西原本就是将一种语言“姑且”置换成另一种语言，即使再认真再巧妙，也不可能原封不动。翻译当中必须舍弃什么方能留取、保住什么。所谓“取舍选择”是翻译工作的根本概念。读着这篇译文时，我蓦然浮起这样一个疑念——的确译得不错，但若把它再次译成日语到底会怎么样呢？能在多大程度上接近（或远离）吉行先生的原作呢？下面几段是我试着往回译成日语的开头部分，或许可以称为归侨子女式吉行淳之介文学吧……

伊木一郎在高架桥上止住脚步，回头观看眼下伸展的暮色中的街道。

每天同一时刻他都经过这里上班，每天同一时刻他都站在这桥上观看这些街道。

城市隐约笼罩在雾霭之中。至于那是真正的雾霭还是无数大烟囱喷出后聚成一层覆盖住这一带的烟，则很难分辨。但不管怎样，城市总是被烟雾笼罩着。

每次目睹烟雾笼罩的城市，他都要体验两种不同的情感。一种是马上就要走入其中的无奈。一想到那里等待着自己的单调的工作，他的心情就沉重起来。若是能从这桥上直接返回住处蒙头大睡一场该有多妙啊！

另一种是迎着这深不可测的昏暗雾霭下到其深处的不无刺激性的兴奋。两种情感中体验哪一种则因日而异。

——“The Showa Anthology” KODANSHA INTERNATIONAL

这是在几乎不记得原来作品的情况下，尽可能忠实原文（英文）——概不考虑吉行先生的笔调——译出来的。真正翻译的时候行文会多少“放开”，这里为了同原来作品明确加以对比而译得相当直接和中立。日语原文则是这样的：

伊木一郎站在高架桥上，打量着眼下铺展的黄昏时分的市容。

每天的这一时刻都是他上班时间。每天他都站在桥上观看这座城市。

城市隐约沉浸在雾霭之中。至于那是真正的雾霭，还是俨然包围这一带的高高矗立的几十根烟囱中腾起的煤烟形成浮层罩在城市上空，则无从知晓。反正城市总是沉浸在烟雾里。

俯视烟雾里的城市时，他胸中涌起两种情感。一种是即将下入其中的无奈。他以抑郁的心情考虑那里等待他的单调的工作，恨不得从桥头折回房间，钻进被窝大睡特睡。

另一种是进入模模糊糊沉在雾底的莫名其妙场所的兴奋。而两种情感中发生哪一种，是由当天决定的。

（《新选现代日本文学全集 33—战后小说集（二）》筑摩书房）

您一看即可看出，尽管写的内容相同，但如此转译之后，气氛则有很大区别。日语原文过去时和现在时混合使用，而英文无法做到，遂全部以过去时出现。另外——这也是没有办法的事——英文没有汉字营造的“氛围”。而且，辞章微妙的特性所带来的不可思议的涩味也已消失。“模模糊糊沉在雾底的莫名其妙场所”在英文中为“the unfathomable，shadowy depths of the mist ”。翻译得诚然十分考究，但若从英文逆向找出原来的句子——能否做到当然同翻译价值无直接关系——恐怕仍有困难。不过说一下我个人的感想，我觉得用英译本看吉行淳之介的短篇是蛮有意思的。或许比喻得奇怪——有一种类似用古乐器演奏西方古典音乐的“复核”情趣。也可能细细玩味这个的只有我这样的人。

不管怎样，总算为大家提交的期末论文打了分，履行了生来第一次当“先生”的义务。马上就要和普林斯顿告别了。这回迁去马萨诸塞州一所大学。在那边教日本文学的熟人打招呼让我过去（只是，他拿到奖学金去了日本，同我们失之交臂，致使我们被抛在了人地两生的地方）。西海岸也好中西部也好，搬去哪里都无所谓，但考虑到工作关系集中在纽约，留在东部海岸北面一带毕竟还是方便的。

老婆英语不太行，提议这次搬家即使多花点钱也要搞得轻松些，所以要找懂日语的日本人经营的搬家公司。由于工作忙，作为我也想尽可能在杂事上少花时间，遂给日本人搬家专业公司打电话请其前来估价。我大致估算，再怎么这个那个加价，比美国同行多五成钱也总该可以了。岂料道出的金额竟多达四千四百美元（加保险），我也大吃一惊。即使搬得再小心翼翼，这个价也太高了。一来没有什么大不了的东西值得小心搬，二来从新泽西到马萨诸塞也没有那么远的距离。与其这样，还不如把东西全部处理掉在那边买新的划算。住房原先配有家具，搬家没那么多东西，只要有人帮忙，自己都可以租一辆卡车拉走。不巧学校已放暑假，周围找不到闲人。东西再少，也不可能由我和体弱无力的老婆两人把重物搬上二楼。这么着，就在附近到处找运输公司。好容易找到一家日程上排得开的（在美国，夏天是搬家高峰期，这时候安排两星期后搬家简直比登天还难），急忙请对方前来估价。第二天负责估价的男子来了，各房间看了一圈，计算一下家具和纸壳箱数量："唔，那么就九百八十美元吧（包括保险），可以么？"我们当然满口答应。

还不到第一次估价的四分之一。

很多人都绘声绘色地吓唬我们说，美国的搬家公司不遵守约定日期，常把东西弄丢，又损坏家具，差不多是无赖。附近的露西说她“从华盛顿搬来的时候，装货比约定日期晚了两天，而东西又都打包了，只好和丈夫穿着衣服在地板上躺了两天”。梅洛说把她的宝贝古董家具损坏得一塌糊涂，安娜说：“途中丢了整整一箱东西，保险也不顶用。”塔拉说：“估了价，讲好了时间，可怎么等卡车也没来。”还说日本人公司要价的确高，但几乎没有争争吵吵的事发生。“所以，大凡由学校出钱的搬家，我们全都找日本人。做得规规矩矩，让人一身轻松。”——一位老师告诉我。我们找的这家也够粗线条的，交待说装货大概是这三天中的某一天，交货又大约是这三天中的某一天——在日本若这么说可就麻烦了——但实际做起来，庆幸的是这回并没发生什么问题。来了三个体型俨然阿诺德·施瓦辛格的文身哥儿，把我扛一个都岌岌可危的重物轻轻松松三个一起扛着上下楼梯，转眼工夫就搬完了。长得牛高马大，夜间走路时碰见难免让人心惊胆战，但干活的确让人佩服，态度也十分友好。以我多次搬家的经验来说，日本搬家行业的人大多面无表情有条不紊地干，有一种“这是应干之事”的气氛。而这里的人，简直像炫耀肌肉块似的大声说笑着，干得生龙活虎，感觉上似乎在说：“咱们是行家！”在这个国家——当然不是说人人如此——从事体力劳动也是一种主动的人生选择。若夸奖一句“好大力气啊”，对方便报以微笑，像是在说“那当然”。而这样的人想必同希拉里·克林顿谈不合拍。

把纸壳箱“通通”堆在新居地板上，“Hey, lots of luck（嘿，祝你好运）！”——欢欢喜喜打招呼告别后，开起卡车离去了。于是只有我们两人孤零零剩在了一个熟人也没有的异国陌生城市。若说不心虚，那是扯谎，但也无可奈何。也不是谁求我们这样做，而是我们自愿这么到处流浪的。美国人说得好：怕烫就别进厨房。不管怎么说，来到一个新地方开始新生活不是美好的事情么！

话虽这么说，可这样的生活到底要持续到多大年纪呢？一塌糊涂！

后日附记

日前让五名日本学生翻译了吉行淳之介同一篇文章，结果极有意思。

当然五个人英语都好，错误什么的几乎没有，但差不多全把 mist 译成了“雾”。当然算不得误译。所谓 mist，辞典上解释为“薄雾”或“霭”，比 fog 淡，比 haze 浓。只是，这里终究说的是暮色中的城市，较之夕雾，我觉得恐怕还是夕霭更为贴切。哪个正确另当别论，总之至少应该对选项——不限于一个 mist——有个大致的斟酌。日本人原有的风花雪月式自然观，日后恐怕会愈发异化以致丧失了。在城市里生活一般不至于考虑雾、霭、霞之间的区别，这大概也是没有办法的事。

更有意思的是，译稿中女生多是过去时现在时混用，而男生则仅用过去时。

后　记

写这本书之前，我也出过一本类似旅行记或旅居记那样的东西，《远方的大鼓》即是。那本书收录了我旅欧大约三年期间写的文章，不过现在想来，多数文章写的是“第一印象”，或至多算是“第二印象”。虽然旅居的时间相当长，但我觉得归根结底是以行色匆匆的旅行者眼光看待周围世界的。我不是在说这样好不好。过路人自有过路人的眼光，久居者自有久居者的视点，二者都有优势，也各有死角。以第一印象写的东西未必浮浅，长期逗留仔细观察之人的视点也未必深刻和正确，因为在那里扎了根后反而看不见的东西也是有的。我认为对写这类文章来说，最重要的问题是在多大程度上一丝不苟地或者随机应变地同自己的视点打交道。

但我这次一开始就想——尽管对上述情形已有明确认识——尽

可能以“第二印象”以至“第三印象”的视角写一点东西。好容易“从属于”美国这个社会生活一回，不仅要敏锐地不失时机地捕捉新鲜东西、醒目东西，而且想退后一步花些时间对各种事物加以思考。以照相来比喻，就是打算仅用标准镜头、以普通距离拍摄极为平常的景物。

说老实话，从欧洲回来，我很想在日本好好安下心来悠然生活一段时间。回想起来，好几年都一直忙于搬家，如同没根的浮萍漫无目标地漂泊不定。我也不那么年轻了，自己也认为差不多该是找个地方安顿下来的时候了。坦率地说，欧洲住到最后多少有些心力交瘁（gorggy）。我也很想洗一次久违的温泉，坐电气列车晃晃悠悠去一次温泉旅馆，想大白天就在荞麦面馆里喝啤酒，想在寒冷季节在杂烩店喝烫热的清酒，尽情享受温暖快活的时光。

可是——前面也说了——从一九九零年一月至翌年一月在日本生活一年之后，经过一番犹豫，最后还是打点行装去了美国。之所以好了伤疤忘了痛又想去外国，是因为半休养地在日本生活的时间里，切切实实感到自己虽不那么年轻了，但又毕竟没老到什么地步。我极其单纯地想游历更多的地方，想体验更多的事，想见更多的人，想尝试更新的可能性——想趁还能做到的时候尽力多做一些。

出于这个原因，我差不多在美国生活了三年。往下固然有回日本的打算，但何时成行，自己也心中无数。反正完成眼下写的这部长篇小说再重新考虑吧——就是如此得过且过地在异国他乡（这么说颇有点“大时代”的味道）打发日子。

长期离开日本，感觉最强烈的是——在欧洲期间也同样——即使没有自己，社会也丝毫不受影响地顺利运转。纵然我这么一个人或我这么一个作家从日本倏然消失不见了，谁也不会因此为难、因此感到不便。非我故意说赌气话，反正我是认为我这样的角色有也罢没有也罢怎么都无所谓。其实这是自明之理。假如多一个人或少一个人就能使得人世乱作一团，那么这样的人世有几个也不够用。可是若在日本生活，每天都为自己的所谓职责忙得昏天黑地，无疑就没有了就自己的无用性进行深入细致思考的时间。

即使我在这里遇到空难或食物中毒一命呜呼，事态怕也是大同小异。也许有几个人说一句“可怜啊，年轻轻就没了”，但一年过后，大家笃定连我这个人存在过都忘得一干二净。就算时而记起一回，谁也不会因为没有我而感到痛痒。在这个意义上——说法也许有点儿夸张——我觉得长期出国未尝不可以说是一种社会性消失的超前（即模拟）体验。

与此多少相似，旅居国外的一个好处——能否说是好处还不无疑问——就是能切切实实感受到自己只不过是个无能的外国人、外人（stranger）。首先有语言问题。对我来说，用外语恰到好处地表现自己作为实际问题是不可能的，自己想说的事只有两三成传达给对方乃家常便饭，甚至根本不通的时候也屡屡有之。还有时候仅仅因是外国人而受到歧视，一再遭遇狼狈场面。受骗上当也有几次。但我认为这样的不快经历决非毫无意义。因为，至少受到歧视或被作为异己分子惨遭排斥的自己是剥去所有穿着的赤裸裸的自己、归于零的自己。我绝不是受虐狂，但面对自己得以如此成为一无掩护二无赘肉的自己自身——作为弱者也好作为无能者也好——的局面，在某种意义上我甚至觉得怕是十分难得的事。当时诚然怒不可遏、自尊心受损，无论如何也不至于心平气和地认为那在某种意义上对自己是宝贵体验。可是事后冷静回想起来，总好像有这样的感觉。至少较之在日本时经常感受的各种各样说不清道不明的烦恼，此种落在身单力薄的个人这一资格上面的直截了当的“难堪”更让我觉得容易承受。

常有人问长期离开日本旅居海外，日语会不会发生变化。美国人问，日本人也问。但我自己怎么也闹不明白。经人一说，既觉得有变化，又似乎没什么变化。所以，既有时回答“嗯，还是有变化啊”，又有时应道“哪里有什么大变化嘛”。答法因当时的心情各所不一，说不负责任也算不负责任——突如其来问那么难的问题，我也没办法准确回答的么！

举个例子：假如遇上过去的老朋友，对方突然说：“你这人变了，是吧？是变了吧？”你难道能像样地回答吗？是无法回答吧？五年十年二十年星移斗转，那期间人有变化乃理所当然，没有变化才不正常。与此同时，使得变化成为可能的你这个人又作为始终不变的存在位于那里。所以，别人只是说一句你变了而不具体指明（define）什么，作为你是很难应答的。语言和文章风格的变化等等也是同样。语言是时时变化的东西，起因多种多样。空气使之变化，思维方式和行动模式也使之变化，交往的对象、年龄以及自身立场都能使之变化，旅居外国只不过是这些变化原因中的一个而已，不是能简单以 Yes 或 No 回答的问题。若想回答得准确些严肃些认真些，势必这样回答："是啊，我的日语来美国之后我想是有变化的。可是作为现实问题，我没有办法就此外（即我在美国生活以外）别无选择可能造成的变化和现在实际发生的变化这两个变化加以验证和比较，所以，对于您关于我的日语是否因旅居美国发生变化的提问，即使我在此给予回答，那也终究不过是无法求证的暂定性假设。"问题是，这种话若是当面说出口来，对方也难免扫兴，交谈就此卡壳。因此只好根据场合姑且说 Yes 说 No。反正世界也不会因为我的回答忽而变好忽而变坏。果真如此，我就要一一认真考虑许多事情，一一给予正确回答，忙得没工夫写小说了。幸也好不幸也好，这样的局面还未造成。

不过有一点是可以认真奉告的，就是来到美国之后，我开始相当认真地直面日本这个国家或日语这种语言。说老实话，年轻的时候、刚开始写小说那时候，曾一心想逃离日本这一语境。换言之，想尽快远离日语式紧箍咒，认为那样才能以自己这个人写出“切近”的东西。这么说似乎很有些作践日本的味道，但反正我实际是那样想的，没有办法。我为此竭尽全力。为了找出自己和日语的折衷点，我的确动员了大凡所有的方法、手段、见解进行殊死拼搏。现在看当时自己的文章，我会像看别人的东西一样发出感叹：果然是一场恶战啊！

但随着年龄增长，随着久经恶战逐渐摸索出了适合自己的“折衷”日语风格，随着作为现实问题旅居海外的岁月的增加，我慢慢喜欢上了用日语写小说这一行为，日语这种语言渐渐成为自己感到亲切以至不可缺少的东西。这倒是等于回归日本。去外国的崇洋分子摇身变为日本文化至上主义者回国的人可谓屡见不鲜，但我说的和这个还有所不同。这是因为，我不是说日语在语言上比其他语种有什么优势。世间很多人强调同外国语相比日语多么优美多么得天独厚，但我认为那是不对的。之所以日语在我们眼里显得漂亮，是因为它是从我们的生活中挤压出来的语言，是我们不可或缺的不言而喻的一部分，并非因为日语这个语种的特质本身出类拔萃。我始终不渝的信念是：所有语言基本都是等价的。而且，若无这一认识，文化的正当交换也就无从谈起。

我三十岁那年碰巧成了作家。在那之前除去极少数例外，几乎没碰过日本作家写的小说（这里边有很多我奈何不得的因素，说起来话长，且前边哪里也写过了，此处不再涉及），因此不曾从前辈作家那里具体学到写作手法和行文风格，也没有作为范本加以尊敬的作家。至于“私小说”是怎么一个东西，连初步认识都不具备。这倒不是说我讨厌日本文学什么的，仅仅是我没看过日本的小说。所以，我只能从以前看过的大量英语小说或其他语种的翻译小说中学习自己写小说的方法。也就是说，必须从一种类似代理母亲那里、必须通过一种过滤器来学习写日语小说的行文风格和写作手法。如果你说这岂不有点儿不自然，我也不好回答。毕竟是很久以前的事了，事情已然发生，时至如今说好道坏都无济于事，但无论出发点是对是错，自那以来十五年时间里我都只能以自身力量像添砖加瓦一样构筑用来写本人小说的日语文体，并由此而一步步看清自己所思考的日语形态。

在这个意义上，《终究悲哀的外国语》这个书名对于我具有相当现实的意味。斟酌书名的时候，这句话碰巧浮上脑海。具体说来，在波士顿这座城市每天每日生活期间——坐在理发店椅子上看自己照在镜子里的面孔、或在学校附近甜甜圈店里买咖啡和甜甜圈、或在谁家晚会上啜葡萄酒、或在十字路口双手放在方向盘上怔怔地等信号灯的时间里，“终究悲哀的外国语”如同漫画书上的对话气泡圈一样无缘无故倏然浮上脑海。不过，这“悲哀”指的并不是不得不讲外国语的压力或讲不好外国语的悲哀，当然那样的成分多少也是有的，但不是主要问题。我真正想说的，是自己如此命中注定似的受困于不具“自明性”的语言这一状况本身所含有的某种类似悲哀的东西。恕我说得这么绕弯子，但准确说来是这么回事。

偶尔返回日本之后，这回又产生了一种不可思议的悲哀心情：我们以为自明的这些东西，对于我们果真是自明的么？当然，我这样的想法恐怕是不适当的。因为追问“自明性”本身即清楚地暗示出“自明性”的阙如。无须说，在日本生活一段时间，这种“自明性”就会渐渐返回到我身上，我势必将它们作为自明之物接受下来。这点凭经验不难明白。然而其中也有返不回来的，这点凭经验也不难明白。那大概是关于“自明性”并非万劫不变之物这一事实的记忆。无论置身何处，我们的某一部分都是异乡人（Stranger），我们迟早都将在若明若暗的地带被无言的“自明性”所背叛和抛弃——这是令我不无悚然的疑念。

作为一个人，作为一个作家，我恐怕将永远怀抱这“终究悲哀的外国语”生存下去。至于这是正确的还是不甚正确的，我无从知晓。无论受到指责还是受到赞赏（想必无人赞赏）我都感到为难。因为那里是我已然走到的地方，说到底也只能走到那里。

这里收录的文章原先连载于《书》杂志，收录之前做了加工。另外，结集之际有话需要补充，遂以不同于加工的“后日附记”形式分别附于每篇文章的末尾。